CW00862915

Collection : Les vacances chez Grand-Père

5- Angoisse dans le train fantôme

À   YANN
L'éternel Absent du tableau de famille

Les mots soulignés et numérotés sont expliqués dans un lexique à la fin de chaque chapitre.

CHAPITRE 1

LUNDI APRÈS-MIDI 26 AOÛT

—Allez, ne faites pas bande à part, venez avec nous. Il paraît que ce nouveau train fantôme est terrifiant…

Sasha a beau les supplier, Noé et Ombeline, le nez dans leur barbe à papa, refusent de l'accompagner.

—Mais tu n'auras pas peur ? lui demande Raphaël. Tu n'aimes pas trop les manèges à sensation. Rappelle-toi à Noël : tu as cru mourir dans la Grande Roue.

—N'en rajoute pas, p'tit frère. Je n'étais pas à l'aise, c'est vrai mais c'était juste une question de vertige ! Sur le sol ferme, je peux affronter tous les dangers !
—Puisque tu le dis… Alors, je monte avec Hugo. Vous, les filles, vous vous installez à trois dans la voiture suivante ?

1

—D'accord, répondent d'une même voix Valentine et Joséphine.

Aussi rousses l'une que l'autre, une peau laiteuse*(1)* parsemée d'une myriade *(2)* de taches de rousseur, les jumelles se ressembleraient comme deux gouttes d'eau si la première n'avait pas les cheveux longs et la seconde les portait courts.

Elles prennent chacune Sasha par le bras et l'entraînent vers la caisse.

—Je suis heureux de me retrouver seul avec toi, murmure Noé à Ombeline. Les occasions sont si rares.

—C'est vrai, réagit-elle en plongeant la tête dans sa barbe à papa pour qu'il ne la voie pas rougir, mais nous aurons bientôt une autre occasion d'être ensemble puisque tu m'as invitée à l'opéra, n'est-ce-pas ? Tu n'as pas oublié ?

—Bien sûr que non ! Ton grand-père a proposé de te déposer chez moi vendredi à 19H. Nous aurons donc un peu de temps avant la représentation de «Carmen »*(3)* qui commence à 20H30. Mes parents et moi te raccompagnerons après le spectacle.

Comme elle est heureuse de ce futur rendez-vous qui lui permettra de découvrir l'opéra de

Lille, d'écouter de la très belle musique et surtout de se retrouver en tête-à-tête avec ce garçon dont elle partage de nombreux points communs. Les autres les appellent « les Intellos » *(4)* mais ce n'est pas leur faute s'ils ont une excellente mémoire, la passion des livres et une curiosité sur tous les sujets.

Chaque individu a des talents :

- Hugo, son frère par exemple, a une solution à tous les problèmes. C'est l'Ingénieux.
- Raphaël, son cousin, c'est l'Intrépide. Il n'a peur de rien. Avec lui, on se sent toujours en sécurité.
- Quant à Sasha, la sœur de Raphaël, c'est la Séductrice. Nul ne peut lui résister et elle obtient de bien précieux renseignements au cours des enquêtes *(5)* qu'ils ont régulièrement à mener.

Hélas, aucun d'eux ne partage sa passion pour la musique classique…, sauf Noé.

C'est à Lille, durant les vacances de Noël, qu'elle a rencontré ce grand garçon brun aux yeux rieurs. Le courant est très vite passé entre eux et, depuis, ils se retrouvent dès qu'ils le peuvent, c'est-à-dire rarement car Hugo et elle habitent Nancy. Par chance, ils viennent passer la moitié de toutes les vacances scolaires dans la capitale des Flandres *(6),* tout comme leurs cousins Sasha et Raphaël qui sont Compiégnois. C'est avec un immense plaisir qu'ils se retrouvent tous les quatre chez leur grand-père, un célèbre auteur de romans policiers. Ils adorent cet homme élégant et raffiné qui leur laisse une très grande liberté, ce qui n'est pas le cas de leurs parents…

Ombeline replonge le nez dans sa barbe à papa. Gigantesque, aérienne, l'énorme boule rose fond sous la langue dans un parfum de fraise chimique, c'est vrai, mais si savoureux !!!

Les deux cousins, Hugo et Raphaël se sont installés dans une voiture d'un vert criard dont l'avant représente un monstre rouge à la gueule ouverte et aux yeux fous. Les garçons démarrent dans un éclat de rire en faisant des grands gestes d'adieux.

Les trois filles ont pris place dans une voiture jaune acide au coffre décoré d'un diable noir et poilu dont les horribles dents sont tachées d'un sang rouge vif. Elles se tiennent les mains, à moitié rassurées et disparaissent bientôt dans un tunnel dont la porte se referme avec des grincements lugubres *(7)*.

—Quelle belle semaine nous avons passée tous ensemble en juillet. Ton grand-père est merveilleux de nous avoir invités, les jumelles et moi, à vous accompagner à Bray-Dunes *(8)*, reprend Noé.

—C'est vrai qu'il est fantastique. Je dois reconnaître que ce sont les plus belles vacances de ma vie, même si tu as failli me tuer en percutant mon char à voile avec le tien.

—Te tuer ? À 3 km/heure par manque de vent ? Comme tu exagères !

Ils explosent de rire et quelques promeneurs se retournent sur eux, admirant ces deux ados, dorés par le soleil et reflétant la joie de vivre.

—Tu ne trouves pas que le tour dure longtemps ?

—Oui. Ils auront eu largement le temps de se faire peur !

Quelques secondes s'écoulent encore avant que n'apparaissent les garçons dont le sourire du départ a disparu.

—Alors, c'était comment, demande Noé ?

—Un peu angoissant quand même, réagit Hugo. Nous sommes attachés au siège et nous ne pouvons donc pas nous défendre. Heureusement que j'étais avec mon cousin ! Je me demande dans quel état les filles vont ressortir …

Une voiture arrive mais Raphaël fronce les sourcils car ce sont deux jeunes hommes qui en sortent.

—Elles sont pourtant bien montées juste derrière nous, ne peut-il s'empêcher de marmonner *(9).*

Elles apparaissent après un temps infini, livides *(10),* les cheveux tout ébouriffés. La voiture s'est arrêtée mais elles ne font aucun geste pour en sortir. Les quatre autres décident de les aider à descendre. Mais l'opération s'avère difficile car elles sont <u>tétanisées</u> *(11)* par la peur et le froid. Les garçons prennent alors chacun une fille dans leurs bras et les frictionnent pour leur redonner vie.

—Je ne ferai aucun commentaire, déclare Sasha en claquant des dents. Je souhaite rentrer au plus vite et m'installer devant un grand bol de chocolat brûlant…

Ombeline et Noé se regardent : un chocolat chaud en août…, en pleine <u>canicule</u> *(12)* ? D'accord, ils vont la raccompagner et lui tiendront compagnie, elle devant sa boisson bouillante et eux avec quelque chose de rafraîchissant, de bien frais, de glacé même.

Bras dessus, bras dessous, Raphaël, Hugo et les jumelles, dont les jambes tremblent encore, les suivent.

Ils n'ont pas loin à aller car la maison de Grand-Père se situe au n°42 bis, façade de l'Esplanade, non loin du champ de Mars où s'est installée la foire aux manèges.

Lexique du chapitre 1

(1)   *Laiteux : de la couleur du lait.*

(2)   *Myriade : une quantité innombrable, un grand nombre indéterminé.*

(3)   *« Carmen » est un célèbre opéra de Charles Bizet.*

(4)   *Un intello » :   (populaire)   intellectuel. Synonymes : savant, cérébral.*

(5)   *Livres : n°1 : « Un étrange cambriolage »*
n°2 : « Noé a été enlevé »
n°3 : « Linotte a disparu »
n°4 : « Le secret de la crypte

(6)   *La capitale des Flandres est la ville de Lille.*

(7)   *Marmonner : murmurer entre ses dents.*

(8)   *Lugubre : d'une profonde tristesse.*

(9)   *Bray-Dunes est la commune la plus au nord de la France, à la frontière de la Belgique. Elle se situe au bord de la mer du Nord.*

(10)   *Livide : extrêmement pâle sous l'effet d'une émotion ou de la maladie.*

(11) <u>*Être tétanisé*</u> *: c'est être paralysé par la peur, par le froid…*

(12) <u>*Canicule*</u> *: épisode de températures élevées, de jour comme de nuit, sur une période prolongée.*

CHAPITRE 2

—*Mais quo qui t'arriv', m' tiote ?* (Mais que t'arrive-t-il, ma petite ?) s'exclame Agnès en ouvrant la porte et en dévisageant la Compiégnoise.

La cinquantaine alerte, petite, <u>replète</u> *(1),* les cheveux blancs tirés en un minuscule chignon, le regard d'un bleu délavé, une méchante verrue en plein milieu du front qu'elle se refuse à faire retirer, Agnès cache un cœur d'or sous un air <u>bougon</u> *(2)* Il y a bien longtemps, elle est arrivée dans la maison pour aider « Madame » après la naissance de Franck, le papa d'Ombeline et de Hugo. Elle n'était encore qu'une toute jeune fille. Deux autres enfants sont arrivés : Sophie, la maman de Sasha et de Raphaël, et Yann. Les années ont passé et les petits-enfants ont agrandi la famille. A la mort de grand-mère, la chère Agnès a repris toute l'intendance (les courses, les repas, le ménage, le linge) afin de permettre à « Monsieur » d'écrire ses romans policiers à succès sans se soucier du quotidien. Plus qu'une gouvernante, chacun la considère comme faisant partie de la famille. Elle serait parfaite sans cet énorme défaut qu'elle cultive à plaisir : elle parle ch'ti *(3).* Malgré les années, les cousins ont encore du mal à tout comprendre mais ils l'aiment tellement qu'ils lui pardonnent.

—Ne te fais pas de souci, Agnès, lui répond Sasha en lui claquant un énorme baiser sur la joue gauche. Nous avions envie d'être au calme après le tintamarre de la foire !

—*Ne m'raconte pas d'carabistoulles. J'vos ben qu'tin nez y tourne* (Ne me raconte pas de bêtises, je vois bien que ton nez s'allonge).

—Tu t'imagines toujours le pire. Viens plutôt t'asseoir avec nous. Qu'est-ce que tu veux boire ?

—*Rin. I'est chinq heures et j'allos partir. Min* Léon *(4), i'est tout seul d'pis trop longtimps. I' faut qu'je rintre à m'baraque.* (Rien. Il est 17 heures et j'allais partir. Mon Léon est tout seul depuis trop longtemps. Je dois rentrer chez moi.)

—Alors, à demain, Agnès, et prends bien soin de toi.

—*Ouais, à d'main mais te sais que j'vos toudis clair dins tin jeu !* (Oui, à demain mais sache que je vois toujours clair dans ton jeu !)

Les jeunes sourient et raccompagnent la Lilloise à la porte. Elle prend son cabas *(5),* son parapluie (quel que soit le temps, elle l'emporte toujours) et c'est sur un signe de la main qu'elle quitte la maison.

—Vous avez de la chance de l'avoir, s'exclame Grand-Père qui fait irruption sur la terrasse où les jeunes viennent de prendre place.

—C'est vrai, lui répondent en chœur ses quatre petits-enfants, mais toi aussi.

—Moi, j'en ai conscience ! leur rétorque-t-il en riant.

Même s'il est surpris du chocolat chaud de sa petite fille, il ne fait aucun commentaire et déguste, comme les six autres, un ice tea bien frais puis il regagne son bureau, se disant que les jeunes préfèreront sans doute rester entre eux.

Allongés sur des chaises longues multicolores collées les unes aux autres alors que le jardin est de belle taille, ils ne se parlent pas, revivant les différents moments de cet après-midi. Si Ombeline et Noé sont sur un petit nuage, Hugo et Raphaël repensent aux différents manèges qu'ils ont appréciés. Joséphine, Valentine et Sasha se refusent à revivre l'épisode du train fantôme et pourtant elles ne pensent qu'à ça.

—Bon, on ne va pas lézarder *(6)* comme ça jusqu'à ce soir, réagit Raphaël qui a toujours besoin de s'agiter.

—En ce qui me concerne, je ne bouge plus, lui répond fermement sa sœur.

—Ne me dis pas que tu n'es pas remise de tes émotions

—Mes émotions, mes émotions !!! La peur de ma vie, tu veux dire ?

—D'accord, c'était peut-être impressionnant mais c'était drôle !

—Drôle ? J'ai cru mourir de frayeur.

—Reconnais que tu es une peureuse !

—Pas du tout et là, il y avait de quoi succomber *(7) !*

—N'en rajoute pas, j'y étais.

—Peut-être fermais-tu les yeux... Tu n'as sans doute pas vécu la même chose que nous.

—C'est vrai, interviennent les jumelles. Nous ne sommes pas craintives habituellement mais là, nous étions terrifiées.

— Mais par quoi ?

Joséphine commence son récit :

—Dès que la voiture se met en route et franchit les portes du tunnel, c'est l'obscurité. Seules, quelques faibles lumières éclairent le parcours pour que tu comprennes que tu fonces sur un miroir géant. Comme tu es bloqué par un gilet de sécurité attaché au véhicule, tu ne peux pas bouger, ni te lever, ni te baisser pour éviter les éclats de verre qui jaillissent de partout lorsque tu le brises en le traversant.

Valentine reprend :

—La voiture prend de la vitesse et, à la sortie du virage, tu aperçois une toile d'araignée si énorme qu'elle va probablement t'engloutir comme les centaines d'insectes qui y sont prisonniers et qui s'agitent pour se libérer. Elle te colle au visage, t'étouffant à moitié quand tu découvres la gigantesque mygale *(8)* se diriger vers toi, ses huit yeux qui te dévisagent avec cruauté et sa bouche velue qui claque comme un bec. Tu fermes alors les yeux et tu hurles.

—D'accord, lui répond Raphaël, pour ceux qui craignent ces bestioles, c'est angoissant.

Sasha continue :

—La voiture roule maintenant à vive allure et tu voudrais ralentir car tu entends devant toi un bruit de galop jusqu'à ce que tu découvres un troupeau de rats qui se précipite vers toi. Pas moyen de l'éviter. Tu as beau rentrer ta tête dans tes épaules, tu les sens courir sur ton visage et tes cheveux jusqu'à ce que le tintamarre s'éloigne.

—Tu te crois sortie de l'enfer car tu roules moins vite, souffle Joséphine mais voilà que tu entends des rires de sorcières et tu plonges dans une mare d'eau où des gueules de crocodiles apparaissent et disparaissent avec de terrifiants claquements de dents.

—Alors là, reprend Valentine, tu crois que tu as vécu le pire quand un nœud de serpents te bloque le passage et leurs langues fourchues s'approchent de toi. Tu es morte de peur.

—Mais ce ne sont que des effets spéciaux, les filles, leur sourit Raphaël. C'est ça qui est super. Durant tout le parcours, j'ai essayé de comprendre ces trucs. C'est rudement bien fait.

—N'empêche, murmure Sasha, à la fin, quand ta voiture stoppe brutalement dans le tunnel..., que l'obscurité se fait complètement..., et que tu devines le diable qui s'installe derrière toi, qui te pince les oreilles de sa main velue et griffue, qui te tire les cheveux et te fouille en te menaçant, tu crois vraiment que ta vie est finie.

—C'est bizarre, réagit Raphaël, nous n'avons pas vécu cet épisode.

—C'est vrai, confirme Hugo, après les serpents, notre voiture a ralenti et nous nous sommes retrouvés brutalement dehors, éblouis par la lumière du jour. Chère cousine, tu n'en rajouterais pas un peu ?

—Pas du tout, réagissent en même temps les jumelles. Nous avons encore des griffures sur les mains et les oreilles.

Raphaël fronce les sourcils, signe d'une grande réflexion

—Étrange, vraiment. Votre voiture se sera arrêtée un moment. Voilà pourquoi vous n'étiez pas derrière nous à la sortie…

—Bon, reprend son cousin en riant, nous avons maintenant une certitude : c'est que vous ne reprendrez plus le train fantôme !

—Bientôt 18 heures, déclare Joséphine. Maman doit être à la maison et nous avons promis de ne pas rentrer trop tard. Alors, nous nous sauvons, n'est-ce-pas Valentine ?

—Oui, oui, lui répond sa sœur, d'un air distrait en fouillant ses poches.

—Tu as perdu quelque chose ?

—Je ne trouve plus mon portefeuille...

—Ne t'affole pas, il doit être quelque part, lui répond Joséphine, tout en cherchant le sien, elle aussi... Je ne le retrouve pas non plus.

Les autres vérifient par réflexe lorsque Sasha s'exclame :

—Je n'ai plus mon porte-monnaie. Oh ! Il me manque aussi la chaîne en or que je porte toujours autour du cou.

—Mes boucles d'oreilles ont disparu...

—Les miennes aussi, s'exclament les jumelles presque en même temps.

—Pas de doute, réagit Raphaël. Mesdemoiselles, vous avez été rackettées *(9)* par LE DIABLE.

Hugo a déjà organisé le programme du lendemain ;

— Ce soir, il est trop tard et le matin, la foire est fermée. Je propose que nous allions voir le

15

propriétaire du manège demain en début d'après-midi.

—Serions-nous sur une nouvelle enquête ? se réjouit son cousin.

Lexique du chapitre 2

(1) Replète : grassouillette, potelée, rondelette.

(2) Bougon : Se dit d'un individu grognon, de mauvaise humeur.
Synonymes: bourru, grincheux, grognon, morose, ronchon.

(3) Le ch'ti ou Picard est une langue parlée non seulement dans les Hauts-de-France (Nord, Pas-de-Calais, Picardie) mais aussi dans une région de Belgique. D'une ville à l'autre, il existe des différences de prononciation et des mots différents.

(4) Léon est le chien d'Agnès.

(5) Un cabas est un sac qui permet d'y mettre les courses.

(6) Lézarder : se chauffer au soleil, rester sans rien faire.

(7) Succomber : mourir.

(8) La mygale est la plus grosse des araignées.

(9) Racketté : dévalisé, dépouillé volé sous la menace.

17

CHAPITRE 3

Après un délicieux souper *(1)* : flamiche au Maroilles *(2)* accompagnée de chicons *(3)* puis une salade de fraises de Verlinghem *(4))* et une remise en état de la cuisine, Grand-Père se lance :

—Une partie de Mysterium vous tente, les enfants?

Ce jeu de stratégie séduit toujours les cousins et c'est d'un commun accord qu'ils s'installent sur la terrasse car la température est encore très douce. Hugo relit la pub élogieuse de la boîte :

« Vous avez osé franchir les portes du manoir hanté de Mysterium... Quel courage ! Installez-vous confortablement autour de la table, ouvrez votre esprit et réveillez votre sixième sens : vous allez participer à une séance de <u>spiritisme</u> *(5)* exceptionnelle et tenter d'apporter la paix à une pauvre âme égarée... Un fantôme entrera en contact avec vous et, par images interposées, tentera de vous communiquer l'identité de son meurtrier, ainsi que le lieu et l'objet du crime. »

Après une heure de partie acharnée et sur une victoire <u>haut la main</u> *(6)* d'Ombeline, chacun rejoint le salon et s'enfonce dans un des moelleux fauteuils de cuir gris. C'est le moment privilégié pour des conversations, des échanges, des confidences et des projets pour le lendemain.

—Que diriez-vous d'un karaoké demain soir ? suggère Grand-Père.

—C'est un truc de filles, réagit Hugo, surpris de cette proposition.

—C'est un nouvel endroit <u>branché</u> *(7),* rue Ratisbonne, qui vous transportera d'un bout à l'autre du monde et vous fera vivre les émotions de vos artistes préférés avec 33.000 chansons ! Nous restons entre nous puisqu'il y a 16 salles privatives et c'est surtout l'occasion de passer un moment différent et agréable.

—Je suis partante, déclare Ombeline

—Je ne crois pas qu'il y ait des airs d'opéra, la nargue son frère, mais on pourrait peut-être demander à Noé de venir quand même…

—Tu serais d'accord pour qu'on le propose aussi aux jumelles ? demande timidement Sasha

—Bien entendu, mes enfants, plus nous serons de participants, plus ce sera drôle.

Après les SMS envoyés immédiatement aux copains, Raphaël prend la parole :

19

—Il est arrivé un truc bizarre aux filles cet après-midi. Nous souhaiterions t'en faire part.

C'est bien entendu avec l'accord des trois autres que le garçon se décide à raconter l'incident du train fantôme

—Ne me dites pas que cette fois, vous avez été témoins d'un meurtre et que l'assassin vous traque *(8)* !

—Tu n'en es pas loin, intervient Hugo, voulant créer un suspense *(9)*.

Grand-Père, pâle tout à coup, se tourne alors vers lui, les yeux remplis d'inquiétude.

—Dans quel pétrin vous êtes-vous encore mis. Je …

—Ce n'est pas malin de faire ce genre de plaisanterie, cousin ! reprend Raphaël. Rassure-toi, Grand-Père, nous n'avons affronté aucun danger.

—C'est ce que vous m'avez dit à chacune de vos enquêtes et vous avez, à chaque fois, frôlé la mort. J'avais d'ailleurs dit que je ne vous reprendrais plus à la maison et…

Seule Sasha est capable de renverser la situation, elle qui trouve toujours le mot juste et à qui personne ou presque ne peut résister.

—S'il te plaît, n'en veux pas à Hugo qui est le plus jeune et encore assez sot pour faire son intéressant avec ce genre de blague. Nous t'avions promis de t'informer immédiatement de tous les soucis que nous rencontrerions et voilà pourquoi nous te racontons cet incident. Mais cela n'a rien à voir avec une enquête et nous allons dès demain prévenir le_forain et contacter le Capitaine Lumières *(10)*.

—Tu m'inquiètes beaucoup, mac chérie. Que s'est-il passé ?

Sasha raconte alors sa mésaventure dans le train fantôme en dédramatisant quelque peu la situation.

—Je ne souhaite pas que vous retourniez là-bas car vous avez l'art de vous mettre dans des situations périlleuses *(11)*. Prévenez Lumières, allez-y et, s'il le faut, invitez-le à la maison. J'en profiterai pour lui remettre un exemplaire de mon nouveau livre : « Le venin du serment » qui lui est officiellement dédicacé.

—Nous préférons lui porter car, chaque fois qu'il vient ici, on ne sait pas combien d'heures il reste. Au commissariat, nous pouvons partir quand nous le souhaitons.

—Comme vous voudrez mais ne prenez aucun risque. Il se fait tard, que diriez-vous de regagner nos chambres ?

Épuisés par cette journée si chaude et remplie d'émotions, les cousins approuvent et embrassent tendrement leur grand-père avant de monter se coucher.

Lexique du chapitre 3

(1) <u>Le Maroilles</u> *est un fromage au lait cru de vache. D'une forme carrée et d'une forte odeur, il se fabrique dans le Nord de la France.*

(2) <u>Les chicons</u> *: c'est le nom que l'on donne aux endives dans le Nord.*

(3) <u>Verlinghem</u> *est une commune près de Lille, célèbre pour ses fraises et sa fête de la fraise.*

(4) *Dans le Nord, on déjeune le matin, on dîne le midi et on soupe le soir.*

(5) <u>Spiritisme</u> *: Ensemble des pratiques destinées à mettre les vivants en relation avec les morts; évocation des esprits.*

(6) <u>Haut la main</u> *: facilement.*

(7) <u>Branché</u> *: à la mode.*

(8) <u>Traquer</u> *: poursuivre quelqu'un sans relâche.*

(9) <u>Le suspense</u> *est une situation ou événement dont on attend la suite avec une inquiétude très vive.*

(10) Le Capitaine Victor Lumières est le policier qui est intervenu dans chacune des enquêtes des cousins. C'est le plus grand « fan » de Grand-Père.

(11)Périlleux : dangereux.

CHAPITRE 4

MARDI 27 AOÛT

A 8 heures 30 précises, comme chaque matin quand ils sont à Lille, les cousins attaquent leur copieux petit-déjeuner, composé de jus de fruits frais, de yaourts, de fromages et surtout d'un délicieux cramique *(1)* doré préparé par Agnès la veille et réchauffé au four. Après avoir débarrassé la table et rempli soigneusement le lave-vaisselle, ils regagnent leur chambre pour une heure de travail scolaire. Ils ont ensuite la liberté de faire ce qu'ils veulent de leur journée.

—*Sasha,* hurle Agnès depuis le vestibule*, t'es pas cor'prête ? El' carette, elle t'attind !* (Sasha, es-tu prête ? La voiture t'attend)

L'adolescente, ravissante en tenue d'équitation, ses boucles blondes encadrant un visage rond à la bouche gourmande ponctuée de deux délicieuses fossettes, des yeux bleu-vert, la bombe sous un bras, la cravache dans la main, se précipite pour rejoindre Caroline qui l'attend dans sa 205 bleu pétrole. La voiture ne passe pas inaperçue car un immense dessin d'étalon *(2)* qui se cabre, décore les portières droite et gauche et une énorme pub du centre équestre occupe tout l'arrière. En effet, Caroline, une jolie brune aux yeux pétillants et à l'éternelle queue de cheval (normal, compte-tenu de sa profession) est propriétaire du club. Et comme c'est la meilleure amie de sa maman depuis la maternelle, Sasha, dès qu'elle est à Lille, peut passer toutes ses matinées auprès des chevaux. La voiture démarre dans un ronflement de moteur tandis que la sonnette de la maison retentit.

—Bonjour, Monsieur. Je suis un peu en avance.

—Entre, Noé, lui sourit Grand-Père. Voici la clé du garage pour déposer ton vélo puis tu pourras rejoindre les jeunes là-haut. Je ne leur ai pas encore annoncé que je n'allais pas au bois ce matin ; à vous de décider si vous y allez quand même.

—Bonjour, Madame, crie le garçon.

—*Salut, min fiu* (bonjour, mon garçon), lui répond une voix de la cuisine.

Si Sasha passe ses matinées au centre équestre, Ombeline adore bouquiner dans sa chambre, confortablement installée sur son lit avec trois oreillers sous la tête. Quant aux garçons, pour rien au monde ils ne rateraient la balade quotidienne, eux à VTT et grand-père à pied en compagnie d'Éclipse, son adorable petit Westie blanc.

Le bois de Boulogne, territoire de six hectares qui renferme « la reine des citadelles *(3)»* de Vauban *(4),* un zoo et un parc d'attractions, se situe face à la maison et permet des parcours acrobatiques fantastiques pour les vélos et des pistes bien nivelées pour les joggeurs : un grand plaisir pour chaque sportif !

Depuis qu'ils ont fait la connaissance de Noé et qu'ils sont devenus amis, celui-ci les accompagne régulièrement. Quant aux jumelles, Valentine et Joséphine, elles se joignent parfois à eux avec leur magnifique Braque de Weimar, un grand chien gris aux yeux jaunes. Dans ces cas-là, Ombeline daigne les rejoindre.

Noé est à peine monté que l'on entend une cavalcade (5) dans les escaliers. Les quatre jeunes se précipitent dans la cuisine. Deux tasses de café vides mais encore tièdes sont posées à côté du sucrier. Mais personne… L'inquiétude peut se lire sur le visage de chacun.

C'est alors que la porte du bureau s'ouvre et que Grand-Père apparaît.

—Je vous prie de m'excuser, les enfants. J'ai un empêchement de dernière minute. et ne peux donc vous accompagner ce matin. Y allez-vous quand-même ?

Noé attend la décision de ses amis qui semblent très perturbés **(6)** par cette annonce.

—Y a-t-il un problème ?

—Mais pas du tout, répond Grand-Père en souriant. Juste quelques démarches à faire. Amusez-vous bien.

Mais avant qu'il ne referme la porte, Hugo a le temps d'apercevoir Agnès qui se fait toute petite dans le fauteuil.

Pour éviter d'être entendus, les quatre ados se réfugient dans la cuisine et ferment la porte. Mille questions se bousculent dans leurs têtes.

- Pourquoi les tasses à café ne sont-elles pas rangées ? Agnès déteste pourtant que quelque chose traîne dans sa cuisine…

- Pourquoi se sont-ils enfermés tous les deux dans le bureau …?

- Grand-Père a-t-il eu un malaise et .ne souhaiterait pas inquiéter ses petits-enfants …?

- Pourquoi Agnès se cachait-elle … ?

Le Nancéien prend alors la parole :

— Je propose que nous, les garçons, allions au bois comme si tout était normal mais toi, Ombeline, tu restes à la maison et tu surveilles. J'irai même jusqu'à dire : tu les espionnes. Nous avons résolu des enquêtes beaucoup plus difficiles, alors nous éclaircirons vite ce mystère. D'accord, Raphaël ? Et toi aussi ma grande sœur chérie ?

—Vous pouvez compter sur moi , murmure Ombeline.

Après une caresse à Éclipse dont les gros yeux ronds tout noirs marquent l'incompréhension, les garçons quittent la maison sur un « À tout à l'heure » et claquent la porte tandis qu'Ombeline remonte dans sa chambre. Mais à peine arrivée, elle oublie sa promesse en voyant le livre passionnant qu'elle vient de commencer. Elle tasse alors ses trois oreillers sur la tête de lit et dans un soupir de bien-être se niche sous son drap pour entamer le troisième chapitre…

Lexique du chapitre 4

(1) Le cramique, une spécialité du Nord de la France et de la Belgique, est une brioche avec des raisins secs et du sucre perlé.

(2) *Un étalon est un cheval.*

(3) Une citadelle est une fortification qui protégeait la ville.

(4) Au service de Louis XIV durant plus de cinquante ans, Sébastien Le Prestre, marquis de Vauban, doit sa réputation aux citadelles et places fortes édifiées selon ses plans pour protéger le royaume.

(5) Une cavalcade : (familier) course désordonnée et bruyante.

(6) Être perturbé : être bouleversé, troublé, désorienté.

CHAPITRE 5

Le soleil brille déjà dans un ciel bleu pur mais Sasha ne le remarque même pas. Caroline est à peine garée que l'adolescente bondit de la voiture pour se précipiter vers le box d'Uranus, son cheval préféré. Avec sa robe noir brillant, sa crinière sombre et ses yeux couleur charbon, il représente toute l'élégance et la puissance de sa race. Pourtant il est d'une douceur extrême et, dès que la jeune cavalière l'approche, il pose délicatement sa tête sur son épaule pour lui dire bonjour. Comme Caroline en est la propriétaire, Sasha peut le monter régulièrement et ils forment un très beau duo.

Après avoir passé une grande partie de la matinée avec son « chouchou », elle se décide à aller caresser les autres chevaux. C'est alors qu'elle s'étonne que Miss, la voisine d'Uranus, ne se soit pas manifestée. Elle passe d'habitude sa tête dans l'espoir d'avoir une gourmandise : une carotte ou mieux une pomme. Elle est très belle elle aussi avec sa robe caramel, sa crinière et sa queue couleur sable.

Sasha entre doucement dans son box en lui murmurant des mots doux :

HORREUR : l'animal est couché sur le <u>flanc</u> *(1)* et peine à respirer.

Impossible d'appeler Caroline, elle est en cours avec un groupe d'enfants…

Bien sûr, un cheval dort aussi bien debout que couché. La plupart du temps, il somnole debout, les yeux mi-clos mais ce type de sommeil est très léger et la bête doit s'allonger pour pouvoir dormir plus profondément. Mais dans ce cas, Miss ne dort pas, sa respiration est courte, elle semble s'étouffer…

Que faire ?

Vite, chercher Valentin, le <u>palefrenier</u> *(2)*.

Celui-ci est très surpris car il a changé la paille de l'animal, il y a moins d'une heure et il lui a versé sa nourriture : elle semblait en pleine forme….
—Il n'y a pas une seconde à perdre, s'affole-t-il. J'appelle Timothé, le vétérinaire.

A peine un quart d'heure plus tard, une voiture, d'une couleur impossible à décrire, fumante et crachotante, stoppe dans la cour. Un jeune homme blond en sort péniblement tant il est grand. Il extrait du véhicule une grosse mallette noire. Il vient de terminer ses études et a repris la clinique d'Étienne, son père, qui travaillait déjà pour le club depuis des années.

—Sasha, acceptes-tu de m'aider ?

L'adolescente réfléchit à toute allure. Elle sait que Miss peut mourir et cela la révolte. Voilà pourquoi elle ne sera jamais vétérinaire même si toute la famille en est persuadée. Assister à la mort d'un animal ou pire le piquer pour le faire mourir, JAMAIS !!! Pourtant elle accepte mais d'une toute petite voix.

Ils disparaissent tous deux dans le box.

Trente minutes plus tard, la porte s'ouvre et la jument sort tranquillement comme si rien ne s'était passé.

—Plus de peur que de mal !

Le vétérinaire et son assistante la suivent en riant.

—Cette bête est trop gourmande. Elle mange si vite que la nourriture reste bloquée dans sa gorge .Et comme elle ne peut pas vomir, elle risque de s'étouffer… Vous avez bien fait de m'appeler.
—Que faire ? s'alarme Caroline qui arrive au même moment.

—Je vous conseille de lui mettre des grosses pierres dans ses granulés. Pour manger, elle sera obligée de faire le tri et elle mettra donc plus de temps, lui répond Timothé.

Il se tourne à nouveau vers Sasha.

—Dans quelques années, j'aurai besoin d'une associée et il me plairait que ce soit toi. N'est-ce pas merveilleux de sauver un animal ?

Ils en ont déjà discuté et le jeune homme ne reçoit qu'un joli sourire en guise de réponse.

—Vite, ma chérie, s'écrie Caroline. Nous n'avons pas vu le temps passer. Je te raccompagne. Allez, en voiture…

Lexique du chapitre 5

(1)   *Les flancs d'un homme ou d'un animal sont les côtés, des hanches en remontant jusqu'aux côtes.*

(2)   *Le palefrenier prend soin des chevaux.*

CHAPITRE 6

Dès 14 heures, les jeunes, comme ils l'ont promis, se mettent en route pour le commissariat. D'abord silencieux, les garçons, après quelques pas, mitraillent Ombeline de questions. Elle finit par avouer que, ne se voyant pas l'oreille collée à la porte du bureau, elle est remontée dans sa chambre. Sasha ne comprenant rien à cette histoire, se la fait expliquer par Hugo qui rajoute un peu de mystère à son histoire

—Si je comprends bien, réagit la Compiégnoise, nous avons deux enquêtes à mener en même temps.

—Quel dommage que nous ne puissions résoudre l'affaire du train fantôme nous-mêmes ; nous n'aurions pas dû en parler à Grand-Père, souffle Hugo.

Même en plein mois d'août, il ne peut s'empêcher de porter une cravate et une chemise blanche (dont les manches sont quand même retroussées et le col ouvert…).

Ce garçon aux cheveux blonds presque blancs et aux yeux d'un bleu profond aime être élégant, à la différence de son cousin, plus grand, très athlétique, —aux cheveux noirs mais aux yeux du même bleu, qui préfère une tenue plus confortable.

—Une promesse est une promesse, lui répond Raphaël. Et tu sais bien que si nous ne la respectons pas, nous pourrions ne plus être invités à Lille. !

—Ça m'étonnerait, intervient Sasha. Grand-Père serait désespéré de ne plus nous avoir pour les vacances.

—Moi, ça me rassure de nous confier au capitaine Lumières, réagit Ombeline. Lors de notre dernière enquête *(1)*, nous avons quand même failli y laisser notre peau ! Au fait, avez-vous des nouvelles du brigand blessé ?

—Brigand ! Brigand ! se rebelle sa cousine. Je te rappelle que nous lui devons la vie !

—Peut-être…

—Sûrement ! Thomas Maréchal s'est remis de ses blessures et il est en prison en attendant son procès.

—Explique-moi comment tu sais tout ça ?

—J'ai pris des nouvelles, rougit Sasha, car je lui suis reconnaissante de nous avoir sauvés.

—Ne nous dis pas que tu as le béguin pour lui ? s'exclame Hugo en s'arrêtant net !

—N'importe quoi mais je sais ce que je lui dois et maintenant le débat *(2)* est clos.

Il ne leur faut pas plus d'une demi-heure à pied pour arriver au commissariat.

L'accueil du policier est plus qu'amical.

Pas très grand, la moustache et les sourcils broussailleux *(3)*, le cheveu noir et rare, le teint rouge et l'estomac proéminant, Victor Lumières les accueille chaleureusement. Il est loin le temps où il les avait arrêtés *(4)* et leur parlait comme à des criminels.

—Mes chers enfants, quel plaisir de vous revoir ! Vous me semblez en pleine forme. Il faut dire qu'après deux mois de vacances, c'est normal. Vous n'êtes pas sur une nouvelle enquête, bien sûr.
—Eh bien justem…
—Comment va votre grand-père ? Avez-vous conscience de la chance que vous avez de fréquenter un homme aussi brillant ? Un écrivain génial ? Le meilleur de tous les temps ?
—Bien sûr mais…

— Quel talent ! Et, en même temps, quelle modestie !

— A propos, nous…

— Son dernier roman « Le venin du serment » est un triomphe. Mais c'était évident. Vous ai-je dit que j'étais son plus grand fan ?

— Oui et…

— Dès sa parution, il m'a appelé, me disant qu'il me l'avait dédicacé et qu'il me le remettrait en main propre*(5)* mais qu'actuellement, il était très pris par sa promotion*(6)*. J'en ai été ému aux larmes. Certes, il me l'avait promis mais il est si occupé.

—Capitaine, nous…

— Mais vous vous doutez bien que je n'ai pu attendre et que je l'ai acheté immédiatement. Néanmoins, ce sera un immense honneur qu'il m'en remette lui-même un exemplaire

Les cousins n'ont pas le cœur de lui offrir le livre. Il faudra vraiment l'inviter à la maison…

—Oserai-je vous avouer que j'ai frôlé le malaise lorsque j'ai découvert la dédicace officielle en première page du livre. A mon nom …

Le cher homme renifle et sort un immense mouchoir à carreaux de sa poche pour se moucher.

—Mais je parle, je parle. Asseyez-vous, je vous prie. Gilbert, tu peux apporter un Coca à ces jeunes ?

Grand et mince, des lunettes rondes en métal argenté devant des yeux rieurs, le lieutenant Flament, policier mais aussi photographe, arrive immédiatement avec un plateau chargé de canettes et de verres certainement préparé dès que les cousins ont pris rendez-vous.

— Heureux de vous revoir, se réjouit-il. Juste un petit coucou ou êtes-vous sur une nouvelle piste ?

— Eh bien…

— Figurez-vous, reprend Lumières, que ma femme Lise qui n'achète que des romans, a accepté de lire « Le venin du serment ». Elle l'a tellement aimé qu'elle m'a supplié, je dis bien SUPPLIÉ, de lui prêter les autres livres de votre grand-père. Une femme pourtant intelligente qui se refusait à reconnaître le talent de l'auteur le plus brillant de tous les temps. Il…

—Stop ! s'écrie Ombeline.

De ce fait, le capitaine reste muet d'étonnement.

—Nous aimerions vous dire quelques mots sans être interrompus.

Sur un clin d'œil et avec un grand sourire, le lieutenant Flament quitte le bureau *(7)*.

—Grand-Père vous propose de venir prendre l'apéritif un soir de cette semaine pour vous remettre son liv…

—Quel honneur et quelle émotion !!! Je n'en espérais pas tant.

Ombeline ne lui laisse pas reprendre son souffle.

—Vendredi vers 18 heures 30 ?

—Comptez sur moi.

—Nous venons également pour vous faire part d'un problème qui nous est arrivé à la foire. En effet, nous…

—Ceci est une autre histoire, reprend Lumières en fronçant ses épais sourcils. Je vous écoute.

Sasha prend alors la parole et raconte sa mésaventure en précisant bien que les garçons n'ont pas vécu la même chose. Elle dit tout cela d'une seule traite de peur d'être interrompue, méchante habitude du capitaine qui permet rarement aux personnes de terminer leurs phrases.

—Hélas, mes enfants, vous n'êtes pas les premiers à déposer plainte contre le train fantôme, et sans doute pas les derniers…Nous sommes déjà allés sur place interroger le forain. Rien ! Surveiller les environs. Rien ! Je ne peux pas laisser mes hommes perdre leur temps là-bas. Nous sommes en sous-effectif *(8).* Mais je vous connais. Vous ne tarderez pas à élucider *(9)* l'affaire aussi bien que nous aurions pu le faire si nous en avions le temps et les moyens.

—Mais nous avons…

—Aïe, s'exclame Sasha.

Elle vient de recevoir un coup de coude dans les côtes de la part de son cousin qui, muet jusqu'à présent, se hâte de prendre la parole.

—Merci, Capitaine. Nous vous attendons donc vendredi soir.

Chacun est surpris mais se lève et, après quelques remerciements de part et d'autre, les jeunes quittent le commissariat.

—Mais qu'est-ce qu'il t'a pris ? demande Ombeline à son frère.

—Il était inutile de s'éterniser puisqu'il ne peut rien faire. Je propose donc qu'on passe par la foire pour parler au propriétaire du train fantôme !

—Mais nous avons promis ! Tu n'aurais donc pas de parole ?

—Promis d'avertir Victor Lumières. C'est ce que nous avons fait, non ?

—Promis de ne pas nous en mêler !

—Moi, je n'ai pas compris ça. Aussi, je fais un détour par le champ de Mars. Qui m'aime me suive…

Tandis qu'Hugo continue tranquillement son chemin, les trois autres s'arrêtent. Ils réfléchissent à toute allure.

—Nous avons toujours fait bande à quatre, dit Raphaël. Il n'est pas question que j'abandonne mon cousin.

—Tu as raison, p'tit frère.

—D'accord parce que je suis seule contre vous trois. Mais sachez que je ne suis pas d'accord.

Et c'est en traînant les pieds qu'Ombeline suit le groupe.

Lexique du chapitre 6

(1) *Le secret de la crypte.*

(2) *<u>Un débat</u> est une discussion.*

(3) *<u>Broussailleux</u> : hérissé, ébouriffé.*

(4) *Un étrange cambriolage.*

(5) *<u>En main propre</u> : directement au destinataire.*

(6) *<u>Faire la promotion</u> d'un livre, c'est en faire sa publicité.*

(7) *<u>S'éclipser</u> : disparaître.*

(8) *<u>Être en sous-effectif</u> : être en nombre inférieur à la demande.*

(9) *<u>Élucider</u> : expliquer.*

CHAPITRE 7

Il est encore un peu tôt en ce début d'après-midi pour la foire : le monde arrive de préférence en fin de journée. Seuls, des mamans et des grands-parents avec de jeunes enfants se promènent dans les allées et choisissent de gentils manèges où leurs « trésors » pourront attraper le pompon.

—Tant mieux, souffle Hugo. Notre forain ne pourra pas prétexter avoir trop de clients pour refuser de nous répondre. Ou alors il est dans le coup… Ma chère cousine, tu es la seule qui puisse lui parler puisque c'est à toi que c'est arrivé.

La pauvre Sasha ouvre la bouche pour se rebeller*(1)* mais se tait. Après tout, elle a accepté de venir ici.

—Bonjour, Monsieur, dit-elle en s'approchant de la cabine de verre dans laquelle un vieil homme compte des tickets.

—Oui ? lui répond-il en la regardant par-dessus ses lunettes.

Il n'a pas l'air méchant et l'adolescente prend son courage à deux mains.

—Je voudrais vous faire part d'un vol dont mes amies et moi avons été victimes hier dans votre manège.

L'homme soupire en hochant la tête. Après l'avoir écoutée, il hausse les épaules et confie :

—Hélas, vous n'êtes pas la première à vous plaindre. J'en suis désolé. J'ai essayé de comprendre, d'analyser, de surveiller : je n'ai rien trouvé. C'est d'autant plus étrange qu'il n'y a pas qu'à Lille que cela se produit. Dernièrement à Biarritz, puis Bordeaux, les mêmes problèmes sont arrivés, toujours avec des filles, jamais avec les garçons… C'est inexplicable, ai-je dit aux policiers car ils sont venus m'interroger... Je suis très inquiet car, si cela se sait, je vais perdre tous mes clients ou plutôt mes clientes. Ce serait la ruine car je dois encore rembourser une grosse somme pour être vraiment propriétaire de mon manège.

—Nous sommes en vacances et n'avons pas grand-chose à faire. Nous permettez-vous de surveiller de temps en temps ?

—Bien entendu mais je l'ai déjà fait et je n'ai rien remarqué !

—Qui connaît bien votre train fantôme ?

—Moi, bien sûr.

—Mais qui d'autre ?

—Ceux qui m'aident à le monter.

—Ce sont toujours les mêmes ?

—Non. Lorsque nous arrivons dans une nouvelle ville, de jeunes hommes, bien souvent sans travail, proposent d'aider à nous installer et, si nous sommes satisfaits, nous leur demandons de revenir pour démonter. D'une année sur l'autre, ce sont souvent les mêmes, mais ceux de Lille sont différents de ceux de Bordeaux.

Les trois autres se sont approchés pendant la conversation.

—Merci, Monsieur. Je ne vous promets rien mais notre groupe est assez doué pour résoudre des énigmes. Alors, nous allons essayer. Nous vous tiendrons au courant.

—Je vous souhaite bonne chance, Mademoiselle, car je serais heureux que vous réussissiez !

Les jeunes regagnent la maison. Ils ont besoin de réfléchir… Au moment où ils glissent la clé dans la porte d'entrée, celle-ci s'ouvre brusquement.

—*D'où qu'vous venez et pourquo qu'vous traînez vot'peau comme cha ? Si vous avez rin à fair, mi, j'peux vous trouver d'l'ouvrache !!!* (D'où venez-vous et pourquoi avez-vous l'air de vous ennuyer ? Si vous n'avez rien à faire, je peux vous trouver du travail, moi !!!).

—Rassure-toi, Agnès, les vacances sont bientôt finies et nous serons très vite occupés !

—*Alors, amusez-vous bien, les tiots !* (Amusez-vous bien, les petits).

Ils la suivent du regard. Que cache-t-elle ? Grand-Père aurait-il eu un malaise ce matin ? Ou pourquoi pas Agnès ? Ou alors l'un des deux a un problème qu'il ne souhaite pas dévoiler aux jeunes ? La suivre ne servirait à rien mais il faudra se montrer vigilant demain matin quand elle reviendra à la maison. Pour le moment, les cousins doivent s'occuper du train fantôme.

Après en avoir discuté un moment et, à cause des menaces d'Ombeline, les trois autres acceptent de tout raconter à leur grand-père.

—Je vous remercie de m'avoir dit la vérité et je vous adresse de nouveau toute ma confiance. Tenez-moi simplement au courant. Je vous rappelle notre réservation. Vous êtes-vous chauffé la voix car je vous signale que dans une heure, vous rivaliserez avec les plus grands chanteurs !

Effectivement, à 18 heures précises, les voici tous dans le plus grand karaoké d'Europe. Grand-Père joue le rôle de Nikos Aliagas, le présentateur de « The Voice ». Les trois garçons, trop timides pour chanter (au début), tournent leur fauteuil si la chanson est bien interprétée.

Incroyable !!! Les jumelles chantent à tue-tête aussi faux l'une que l'autre mais elles sont sans complexes et rient de bon cœur. A leur tour, Sasha puis Ombeline tentent leur chance pendant que Joséphine et Valentine dansent sur la musique. Quelle ambiance !!!

Les garçons, pris dans ce climat de fête, se lancent avec succès dans les derniers morceaux à la mode…

—Je ne me suis jamais autant amusé, déclare Hugo en se jetant sur son Coca.

—Je constate avec plaisir, se moque gentiment Ombeline, que les jeux de filles te plaisent bien…

Son frère hausse les épaules et lui tourne le dos…

La soirée s'achève avec un MacDo et il est déjà tard lorsque Grand-Père dépose Noé puis les jumelles à leur domicile avant de rentrer.

Lexique du chapitre 7

(1) _Se rebeller_ : _se révolter._

CHAPITRE 8

MERCREDI APRÈS-MIDI 28 AOÛT

Ce matin, les cousins ne remarquent rien de particulier, ni dans le comportement d'Agnès, ni dans celui de Grand-Père. Auraient-ils imaginé un mystère là où il n'y a rien ? Il faut néanmoins continuer à être attentif !

Après le petit déjeuner, le programme de la journée s'établit.

—Rien ne change ce matin :balade au bois pour nous, cheval pour Sasha et lecture pour Ombeline, détaille Raphaël.

—Noé ne pourra être avec nous cet après-midi. Il squatte*(1)* « Le Furet *(2)* » pour acheter ses fournitures scolaires en vue de la rentrée des classes, déclare Ombeline, une pointe de regret dans la voix.

—Il s'y prend vraiment à la dernière minute, lui répond Hugo en levant les yeux au ciel.

—Tu peux parler ! Facile pour toi puisque c'est Maman qui a tout fait !

—Justement ! C'est l'art de déléguer *(3).*

—Tu as un toupet !!!

——Oh, les cousins, cessez de vous disputer. Nous ne sommes que quatre car les jumelles ne seront pas là non plus. Elles rendent visite à leur grand-mère Victoire.

Sasha sourit en imaginant une vieille dame très énergique, le poing en l'air et portant un drapeau tricolore dans l'autre main.

—Nous pourrions peut-être rôder du côté du train fantôme ? <u>suggère</u> *(4)* Raphaël

—Excellente idée, réagit aussitôt Hugo. Les filles, vous pourriez traîner devant, tandis que nous, nous nous cacherions à l'intérieur pour surveiller.

—Il faut l'accord du propriétaire.

—Eh bien, en route !

Au bout d'une centaine de mètres, Hugo réalise qu'il a oublié son portefeuille.

—Attendez-moi, s'il vous plaît, je n'en ai pas pour longtemps.

Au moment de retraverser la rue sur le passage piétons face à la maison, il voit la porte s'ouvrir et Agnès, très élégamment vêtue d'une jolie robe grise garnie de petites fleurs roses, son cabas au bras et son parapluie en main, sort, suivie de Grand-Père souriant. Ils ne se dirigent pas vers le garage mais partent à pied vers le centre-ville.

—Incroyable ! Ils ont attendu notre départ pour sortir!!! Que faire?

Il saisit son téléphone, appelle sa soeur et lui demande de ne pas l'attendre. Il la rejoindra plus tard. Non, il n'a pas le temps d'expliquer, il lui en dira plus tout à l'heure.

Il se hâte de raccrocher pour ne pas perdre des yeux le couple puis se met à le suivre avec beaucoup de précautions car il ne souhaite pas se faire remarquer...

Quelle n'est pas sa stupeur de constater que Grand-Père et Agnès entrent dans l'hôtel Alliance situé non loin de la maison.

L'espion est <u>consterné</u> *(5)* et reste un moment immobile, ne sachant plus quoi faire ni quoi penser... Ce n'est qu'au bout de quelques longues minutes qu'il se remet en route, toutefois le cœur n'y est plus.

La foire est immense mais il réussit à retrouver le trio, appuyé sur les barrières des autos tamponneuses (dans le Nord, on dit tamponnantes), léchant chacun une énorme pomme d'amour d'un rouge brillant et appétissant.

—Non, nous ne sommes pas encore allés au train fantôme, nous t'attendions car tu nous as intrigués *(6)*, lui annonce Ombeline. Allez, raconte.

Après avoir laissé quelques secondes de silence pour augmenter le suspens, il prend une profonde inspiration et raconte ce qu'il a découvert en ajoutant quelques troublants détails supplémentaires...

Chacun est stupéfait. Il doit y avoir une explication, mais laquelle ?

Que faire … ?

- Retourner surveiller l'hôtel …?
- Y entrer et demander une explication au couple ?
- Ne pas s'en mêler et poursuivre l'enquête sur les bijoux volés ?

Raphaël réagit rapidement.

—La vie privée de Grand-Père et Agnès ne regarde qu'eux. Ils seraient très tristes d'apprendre que nous les surveillons, et de quel droit d'ailleurs ? Ils n'ont aucun compte à nous rendre. Et même s'ils sont amoureux, en quoi cela serait-il choquant ? Ils sont seuls tous les deux et se connaissent depuis si longtemps… Occupons-nous plutôt de notre affaire. D'accord ?

—Bien sûr, réagit Ombeline et je les aime tous les deux mais je ne les vois pas ensemble. Ils sont si différents : Grand-Père si raffiné et Agnès, si…

—Si quoi ? Juste bonne à faire la cuisine et le ménage ? … C'est ça que tu sous-entends ? réagit Raphaël, fâché.

La Nancéienne , un peu honteuse de son attitude, reconnaît qu'il a raison mais Hugo voudrait connaître le fin mot de l'histoire. Il fait donc semblant d'être d'accord mais se dit qu'il essaiera quand même d'éclaircir SEUL ce mystère.

Et voilà le groupe en route pour le train fantôme.

Le vieil homme ne fait aucune difficulté et accepte même très volontiers la proposition des garçons qui disparaissent bien vite dans le ventre du manège. Les jeunes ont prévu des lampes frontales *(8)* pour y voir clair et une corde pour ficeler le voleur s'ils l'attrapent.

Les cousines se promènent tranquillement dans les allées, les yeux balayant chaque détail et l'oreille aux aguets au cas où leurs frères les appelleraient. Pourtant, au bout d'une petite heure, n'ayant rien remarqué d'anormal, elles en ont assez et décident de faire un tir aux ballons au stand situé face au train fantôme. Elles pourront donc surveiller tout en s'amusant.

Le forain *(9),* un homme d'une cinquantaine d'années, aux cheveux noirs gras et à la peau huileuse, n'est pas sympathique. Il ne s'intéresse aucunement à ses clientes et chuchote dans son oreillette un peu plus loin tout en regardant droit devant lui.

—Impossible de crever un ballon, affirme Ombeline en posant sa carabine sur le comptoir.

Clac,

—Et de un, se réjouit Sasha

Clac,

—Et de deux,

Clac,

—Et de trois,

Clac

—Zut, raté

Clac

—Et de quatre.

Monsieur, Monsieur, s'il vous plaît. J'ai crevé quatre ballons. Monsieur, s'il vous plaît…

Mais l'homme ne l'écoute ni ne la regarde.

—Tire-toi, hurle-t-il brusquement.

Les filles, suivant le regard de l'homme et se retournent pour apercevoir un diable noir aux longues mains griffues sortir à toute allure du portail du train fantôme, suivi de deux garçons qu'elles ne peuvent que reconnaître : leurs frères.

Le forain du stand de tir quitte précipitamment son emplacement pour suivre la course poursuite. Les promeneurs se sont arrêtés, stupéfaits devant cette scène. Certains enfants crient de peur, d'autres pleurent.

—Ne restons pas là. Sortons de la foire, les garçons nous rejoindront à la maison, suggère Ombeline.

—D'accord, lui répond sa cousine en se saisissant d'une peluche rose qu'elle a gagnée, estime-t-elle.

A peine dix minutes plus tard, les jeunes sont de nouveau réunis, les uns essoufflés, les autres impatientes de connaître le fin mot de l'histoire.

—Entrez, vous nous raconterez tout devant un verre de limonade sur la terrasse. Agnès ne nous rejoindra pas et Grand-Père ne s'attardera pas.

Mais ils découvrent vite que ni l'un ni l'autre ne sont là…

—Sans commentaire, impose Raphaël.

Et le voici qui raconte ce qu'ils ont vécu dans le ventre du manège.

—Le patron du manège nous a indiqué un endroit où nous installer, un cul-de-sac où une voiture de remplacement attend au cas où une autre serait en panne.

—Mais c'est là que le diable nous a fouillées ! s'exclame Sasha. Notre voiture a dû faire marche arrière pour repartir et une autre, de couleur violette, attendait un peu plus loin.

—En effet ; elle était violette. Donc, nous nous sommes installés à l'intérieur, sans lumière, en écoutant attentivement tous les bruits.

—Au bout d'un certain temps, reprend Hugo, une voiture est arrivée et des plaintes de filles se sont fait entendre. « Pitié » disaient-elles. « Silence » leur a répondu une voix grave. Nous avons alors allumé nos lampes frontales pour voir un diable fouiller deux gamines complètement affolées. Lorsqu'il nous a vus, le démon s'est enfui en criant « Je suis fait » et nous l'avons poursuivi.

—Sans succès, hélas, soupire Raphaël.

—Je crois que nous avons compris comment ils fonctionnent, lui et son complice, reprend Ombeline en fronçant les sourcils.

—Un complice ? s'exclament en même temps les deux cousins.

Et les filles leur racontent l'attitude du forain au stand de tir, son oreillette et ses paroles.

—Leur façon de faire est rusée. L'un surveille et annonce à l'autre lorsque deux filles montent seules dans une voiture. Ah ! Les brigands ! Il nous faudra vérifier si, à Biarritz et à Bordeaux, le stand de tir se trouvait aussi face au train fantôme mais je suis certain que oui, s'exclame Raphaël. Nous connaissons donc les coupables mais comment les arrêter ?

—Je vais y réfléchir, affirme Hugo comme si toute l'affaire reposait sur ses seules épaules.

Dans un premier temps, il faudrait retourner voir le propriétaire du train fantôme et l'interroger sur celui qui tient le stand de tir, intervient Ombeline. Puis nous téléphonerons à Victor Lumières pour l'avertir de ce que nous avons découvert. Et enfin, nous quittons définitivement cette foire aux manèges pour nous éviter les mêmes ennuis que lors de nos précédentes enquêtes.

Lexique du chapitre 8

(1) <u>Squatter</u> : occuper.

(2) <u>Le FURET</u> : librairie située à Lille sur la Grand-Place. Elle y est installée depuis 1959 et fut la plus grande librairie du monde de 1992 à 1999. Elle est aujourd'hui encore la plus grande librairie d'Europe.

(3) <u>Déléguer</u> : charger quelqu'un d'une mission, d'un travail.

(4) <u>Suggérer</u> : proposer.
(5) <u>Consterné</u>: accablé, désolé, navré, atterré

(6) <u>Intrigué</u> : qui ressent de la curiosité

(7) <u>Languir</u> : attendre quelque chose avec impatience
(8) <u>Une lampe frontale</u> est une source de lumière mobile semblable à une lampe de poche, qui se porte sur le devant de la tête ; cette position permet à son utilisateur de conserver les mains libres.
(9) <u>Le forain</u> : personne qui organise des distractions dans les foires et les fêtes foraines.

CHAPITRE 9

Malgré une file d'attente devant sa caisse, le pauvre homme ne se remet pas de sa surprise ; il a stoppé son manège et s'est assis dans l'une de ses voitures, tirant violemment sur sa cigarette électronique, signe chez lui d'une grande nervosité. Apercevant les cousins, il se précipite vers eux.

—Mais que s'est-il passé ?

Un regard derrière eux leur permet de constater que le rideau de fer est tiré devant le stand de tir.

—Connaissez-vous le patron de ce manège ?

—Oui et non.

—C'est-à-dire ?

—Eh bien c'est la troisième foire qu'il fait. Il était aussi à Bordeaux et à Biarritz, et à chaque fois en face de chez moi.

—Grâce à une oreillette, il communiquait avec un complice qui avait réussi à entrer à l'intérieur de votre manège pour lui indiquer à quel moment des filles montaient seules dans une de vos voitures.

—Ah, le bandit !!!

—Nous prévenons la police, en espérant qu'elle pourra arrêter les deux voleurs.

—Comment vous remercier ? murmure le vieil homme ? Oh, je sais. Vous pourrez faire autant de tours gratuits que vous voulez. Cette année, mais aussi les années suivantes car je reviens toujours à Lille à cette date.

—Merci beaucoup, Monsieur, sourit Sasha mais j'ai eu si peur que je suis guérie des manèges !!!

—Toi, peut-être mais moi, j'aimerais connaître vos effets spéciaux, reprend Raphaël, une prière dans les yeux.

—Tu sais, mon garçon, ce sont des techniques qu'on ne dévoile pas. C'est comme si tu demandais à un magicien de te révéler ses trucs... Mais, je vous dois bien ça. Promettez-moi de ne rien dire et je vous expliquerai tout. Mais pas aujourd'hui car la file de clients s'allonge et c'est mon <u>gagne-pain</u> *(1),* mais si vous le pouvez, demain, en fin de matinée, nous pouvons nous donner rendez-vous ici à 11H par exemple.

—Parfait, répondent immédiatement les garçons.

—Nous, nous vous disons au revoir, et peut-être à l'année prochaine, reprend Sasha en regardant Ombeline qui hoche la tête en signe d'assentiment *(2).*

—Il n'est pas très tard mais il n'est pas question non plus de rentrer à la maison. Laissons à Grand-Père et à Agnès le temps de profiter de leur après-midi, propose Raphaël.

Même si Hugo préfèrerait rôder dans le secteur de l'hôtel, il ne dit rien et les quatre jeunes décident d'aller faire un tour au Furet pour feuilleter les dernières revues mais aussi dans l'espoir d'y retrouver Noé.

Ce n'est que vers 18 heures qu'ils rentrent à la maison. Agnès est partie et Grand-Père, sur la question rusée d'Hugo qui lui demande s'il a passé un bon après-midi, répond qu'il a été excellent.

Lexique du chapitre 9

(1)Un gagne-pain : *ce qui permet à quelqu'un de gagner sa vie.*

(2)Un signe d'assentiment est une façon muette de donner son accord.

CHAPITRE 10

JEUDI 29 AOÛT

—Salut Noé, sourit Raphaël en ouvrant la porte de la maison.

—Bonjour, vous deux, répond le garçon en apercevant Hugo derrière son cousin.

—Voici la clé du garage pour ranger ton vélo. Tu es prêt à nous accompagner ?

—Évidemment ! J'en ai à peine dormi de la nuit. Merci de me l'avoir proposé. Vous auriez pu annuler la balade au bois tout simplement sans m'inviter à découvrir les effets spéciaux du manège.

—Ça n'aurait pas été sympa de notre part !

—Sasha est déjà partie ?

—Bien sûr, en voiture avec Caroline mais elle serait capable d'y aller à pied si la propriétaire du centre équestre avait un empêchement pour la conduire.

—Et Ombeline ? demande Noé en rougissant.

—Je crois bien que tu as demandé des nouvelles de Sasha d'abord mais que seules celles de ma sœur t'intéressent, glousse Hugo sans la moindre délicatesse.

Les joues de Noé virent au rouge foncé lorsque, du haut de l'escalier, apparaît l'intéressée, le visage rose, lui aussi.

—Bonjour Noé. Tu vas bien ?

—Oui, merci. Tu nous accompagnes ?

—Oh non. Je préfère rester ici avec un bon livre. De toute façon, on se retrouve tout à l'heure, n'est-ce pas ?

—Bien sûr. Je n'ai pas pris de petit-déjeuner. Je suis déjà affamé. Tu connais le menu ?

—Comme la braderie *(1)* approche, Agnès nous propose une cassolette de moules de Bouchot et des frites dans un cornet. Mais attention, pas dans un vulgaire cornet de papier mais en faïence *(2)...* Tu aimes ?

—Tu connais un Lillois qui te dirait non ?

—A vrai dire, à part Agnès, Grand-Père, les jumelles et toi, je ne connais pas d'autres Lillois !

Elle disparaît dans la cuisine et revient avec un paquet de gaufres « Rita »*(3).*

—N'hésite pas à en grignoter une ou deux pour éviter l'hypoglycémie *(4).*

Si Noé ne sourcille *(5)* pas à ce mot barbare, c'est qu'il doit le connaître. Il n'en est pas de même pour les cousins qui lèvent les yeux au ciel,

63

se disant que c'est un copain mais qu'il est aussi intello qu'Ombeline !!!

Grand-Père arrive à ce moment.

—Bonjour, mon garçon. Toi aussi tu aimes les effets spéciaux ?

—Bonjour, Monsieur. Oui, je suis impatient de connaître tous les trucs.

—Normal, c'est de votre âge. Alors, soyez prudents et à ce midi.

Au moment où les quatre jeunes s'apprêtent à lui répondre, le téléphone d'Ombeline retentit.

—Allo ?

—…

—Oui. Bonjour, Capit…

—…

—Attendez. Je mets le haut-parl…

—…

Le peu de temps qu'elle appuie sur l'icône, Victor Lumières a déjà raconté plusieurs choses.

—… perquisition *(6)* dans la caravane du forain qui tient le stand de tir. Mais nous n'avons rien trouvé.

—C'est sans doute son complice qui a les bijoux et l'arg…, tente de commenter Ombeline.

—Sans doute mais comme nous n'avons aucune identité, ni même une description , nous ne pouvons rien faire?

—Vous arrêtez…

—Le point positif, c'est qu'il n'agira plus à Lille ni dans le train fantôme.

—Oui, mais…

—Vous pouvez me passer le Maître afin que je le salue ?

—Je suis désolée. Il s'est absenté…

—Quel dommage ! Commencer ma journée en discutant avec mon auteur préféré, cela aurait été un grand BONHEUR. Pourrez-vous le saluer de ma part ?

—Je n'y manquerai pas, Capit…

—A vendredi, 18H30, n'est-ce pas ?

—Oui et…

Comme d'habitude, il ne lui a pas laissé le temps de terminer sa phrase et c'est en haussant les épaules qu'elle éteint son téléphone. Grand-Père sourit à sa petite-fille et lui chuchote, avec un clin d'œil :

—À tout à l'heure, ma petite menteuse chérie!

—Tu devrais plutôt me remercier car si je te l'avais passé, tu aurais pu dire adieu à ta balade au bois.

—Alors, merci, ma petite menteuse chérie, lui répond-il avec un petit sourire moqueur et il quitte la maison en compagnie d'Éclipse et imité par les trois garçons.

Ombeline remonte, rêveuse, l'escalier. La chemise rouge de Noé lui va vraiment bien, songe-t-elle.

Lexique du chapitre 10

(1) Braderie : manifestation populaire qui se déroule chaque année à Lille (ville au nord de la France), le week-end du premier dimanche de septembre. Ses origines remontent au XIIᵉ siècle et elle accueille chaque année entre deux et trois millions de visiteurs. La braderie de Lille est l'un des plus grands rassemblements de France et le plus grand marché aux puces d'Europe.

(2) Faïence : poterie émaillée ou vernissée.

(3) Gaufres « Rita »: C'est une gaufre de forme ovale, ouverte en deux afin d'y insérer une saveur, traditionnellement de la vergeoise (appelée cassonade dans la région) mais parfois aussi de la vanille. Elle est à base de farine, sucre, sel, levure, beurre et œufs.

(4)Hypoglycémie : concentration de sucre dans le sang anormalement basse.

(5)Sourciller : froncer les sourcils.

(6)Perquisition : La perquisition permet à la police, à la gendarmerie ou à un magistrat de rechercher des preuves et des documents au domicile d'une personne. Cette mesure est encadrée par des règles précises et s'effectue sous

le contrôle d'un officier de police judiciaire ou d'un juge.

CHAPITRE 11

Les trois garçons sont si excités d'imaginer ce qui les attend qu'ils ne s'aperçoivent même pas qu'il est à peine 10H30. Or, leur rendez-vous est à 11H et la maison est proche du champ de Mars où se tient la foire.

–Nous sommes un peu en avance, déclare Noé en vérifiant l'heure sur son smartphone.

—Nous pourrions contourner la fête foraine. Nous n'en voyons toujours que les deux mêmes côtés, suggère Hugo.

—Pourquoi pas ? lui répond Raphaël, toujours conciliant *(1).*

Cela n'a rien de sympathique. Des barrières tout le long encadrent la foire, de gros câbles électriques reliés à des groupes électrogènes *(2)* pour alimenter les manèges en électricité jonchent le sol. Au moment où ils s'apprêtent à longer le quatrième côté, Hugo s'arrête brusquement et allonge les bras pour empêcher les deux autres d'avancer.

—Que t'arrive-t-il, cousin ?

—Chut ! Regardez là-bas !

—Où ?

—Chut ! Derrière la première caravane de gauche.

Raphaël et Noé en restent muets de stupeur !

—C'est bien le forain du stand de tir en discussion avec un autre homme...

—C'est quand même louche qu'ils se cachent pour se parler…, chuchote Hugo.

—Tu as raison !

—Impossible de nous approcher, ils nous verraient !

—Vous pensez à la même chose que moi ? murmure Raphaël.

—Il est aussi grand et maigre que le diable du train fantôme ? C'est son complice !

—Bien sûr !

—Que faisons-nous les gars ? demande Noé d'une voix émoustillée *(4)*.

—Si nous les suivons tous les trois, ils vont se douter de quelque chose. À deux, ce serait plus facile. Et s'ils se séparent, nous filerons uniquement le plus jeune puisque Lumières a déjà fouillé la caravane du plus vieux, lui répond Hugo.

—Il faut donc que l'un de nous se dévoue pour rester, constate Raphaël. Allez, je vous laisse ce plaisir. Ce sera une découverte pour toi, Noé. Tu verras, c'est palpitant *(5)* !

—Oh merci. Tu es le gars le plus sympathique que je connaisse, se réjouit le Lillois.

—Merci pour moi, reprend Hugo, mais j'avoue que c'est vrai. Puisque nous avions rendez-vous avec le forain du train fantôme, tu vas quand même y aller ?

—Si cela ne vous dérange pas…

—Bien sûr que non. Tu nous raconteras ?

—Vous aussi ?

—Alors, je vous quitte. Soyez prudents.

—On dirait Grand-Père quand tu parles comme ça ! se moque gentiment Hugo. Merci, Raph. T'es un super cousin.

Lexique du chapitre 11

(1) <u>*Suggérer*</u> *: proposer*

(2) <u>*Conciliant*</u> *: qui est porté à maintenir la bonne entente avec les autres, par des concessions. Synonyme : arrangeant.*

(3) <u>*Groupe électrogène*</u> *: appareil capable de fournir de l'électricité.*

(4) <u>*Émoustillé*</u> *: excité.*

(5) <u>*Palpitant*</u> *: qui excite l'émotion.*

CHAPITRE 12

Bien sûr que Raphaël préfèrerait filer *(1)* l'individu. il se souvient de ses précédentes enquêtes où, le cœur battant, il suivait les voleurs et les kidnappeurs. Mais il estime que l'amitié, la vraie, fait passer la personne avant vous et, comme Noé est son ami, il lui a laissé sa place. Et puis, il n'est pas à plaindre puisqu'il aperçoit déjà le forain qui l'attend pour lui dévoiler ses extraordinaires effets spéciaux.

Quant à Noé et Hugo, cachés dans un angle, ils surveillent les deux hommes toujours en pleine discussion. Si, comme ils le pensent, le premier a raconté la perquisition de ce matin à l'autre, les deux garçons devinent que les complices doivent maintenant se mettre d'accord sur l'attitude à adopter pour la suite. Impossible de continuer comme avant. La police tient sûrement à l'œil le stand de tir et le propriétaire du train fantôme également. « Comme cela aurait été intéressant d'écouter leur conversation », songent-ils. Mais ils ne peuvent que les regarder…

Quelques minutes s'écoulent encore lorsque les gredins se serrent la main et se quittent.

—Inutile donc de suivre le plus âgé, déclare Hugo, puisque Lumières a tous les renseignements. Mais le second nous intéresse.

Et voilà les garçons qui se retrouvent sur la contre-allée(2) du champ de Mars entre l'un des bras *(3)* du canal de la Deûle *(4)* et les vieux marronniers. Ils sourient en voyant la maison de Grand-Père de l'autre côté de la rue.

L'homme ne se méfie pas. Il s'est enfoncé les écouteurs de son baladeur dans les oreilles et il avance au rythme de la musique qu'il écoute. Arrivé presque au bout du Champ de Mars, il traverse le pont, se retrouve sur le parking des autocars et camions, face à l'ancien stade de foot. Il s'approche alors d'un vieux camping-car, sort un énorme trousseau de clés de sa poche, en choisit une et la rentre dans la serrure. Il ouvre alors la porte et disparaît à l'intérieur.

—Que faisons-nous maintenant ? chuchote Noé.

—D'abord, nous éloigner un peu afin que l'individu ne nous repère pas.

Ce qu'ils s'empressent de faire tous les deux.

—Nous avons plusieurs solutions. La première, nous relevons sa plaque d'immatriculation, appelons Lumières et nous nous désintéressons de la suite de l'histoire, lui répond Hugo à voix basse.

—J'ai l'impression que cette solution ne te plaît pas.

—Ce n'est pas comme ça que nous terminons nos enquêtes d'habitude.

—Que proposes-tu d'autre ?

—Nous pouvons attendre que l'homme sorte et l'un de nous le suit tandis que l'autre pénètre dans son véhicule et le fouille pour être sûr que c'est bien lui le diable du train fantôme.

—Oui. Y a-t-il une troisième solution ?

—Oui. Appeler Raphaël pour avoir son avis…

Ils tentent trois fois de le joindre mais il a dû couper son iPhone car ils tombent toujours sur sa messagerie.

—C'est bien la peine d'avoir un super modèle de smartphone pour l'éteindre ! bougonne le cousin.

—C'est vrai que c'est le dernier modèle. J'en rêve mais il est beaucoup trop cher pour moi, soupire Noé.

—Il se l'est offert avec l'argent que nous avons reçu pour avoir résolu l'affaire du « Secret de la crypte ».

—Oui. J'avais lu le montant de la récompense dans le journal. Vous êtes riches, les cousins, mais vous le valez bien, s'esclaffe *(5)* le Lillois.

—Chut, sursaute Hugo en agrippant le bras de son voisin.

Une dame encore jeune mais usée par la misère, pousse un landau *(6),* tenu de chaque côté par deux jeunes enfants aux vêtements trop petits pour eux. L'un de ses poignets est pris par quelques sachets plastique remplis de courses et qui semblent bien lourds à porter.

74

—Puis-je vous aider à porter vos sacs, lui propose Hugo en s'approchant d'elle.

Elle sursaute, méfiante, le détaille de haut en bas mais l'épuisement domine sa peur et elle accepte.

—Je me présente : je m'appelle Hugo et je suis en vacances chez mon grand-père. Mon copain Noé m'accompagne. Nous nous ennuyons un peu car nous n'avons plus d'argent pour aller sur les manèges.

Le mensonge le fait rougir mais la femme regarde ailleurs car, à son tour, le Lillois s'approche. Devant l'air honnête et la bonne éducation de ces jeunes, elle acquiesce et leur tend ses sacs. Les bambins *(7),* d'abord apeurés, rendent leur sourire aux garçons et lâchent le landau pour tenir la main de Noé et Hugo.

C'est ainsi que le petit groupe arrive devant le mobil-home. La femme fouille alors dans les poches de sa robe, en sort une clé. Au moment où elle essaie de la faire entrer dans la serrure, la porte s'ouvre et l'homme qu'ils ont suivi, apparaît. Il adresse un gentil sourire à la mère mais fronce immédiatement les sourcils en découvrant les deux garçons.

—Mais qui êtes-vous et que faites-vous avec ma femme et mes enfants ? demande-t-il, soupçonneux.

Sa voix grave rappelle à Hugo celle du diable dans le train fantôme.

—Oh, je ne savais pas que tu étais rentré, lui sourit sa compagne. Ces jeunes m'ont proposé leur aide pour porter mes sacs qui sont si lourds que j'ai accepté.

Le ton de l'homme se radoucit.

—Excusez-moi. J'ai quelques soucis en ce moment et je suis un peu <u>hargneux</u> *(8).*

—Vous avez raison d'être méfiant. On ne sait jamais à qui on a affaire, lui répond <u>malicieusement</u> *(9)* Hugo.

—Voulez-vous entrer ? Je peux vous offrir un verre d'eau avec du sirop de grenadine.

—Très volontiers, répond le Nancéien sous le regard étonné de Noé.

Et les voilà tous deux suivant les deux enfants et la femme qui porte dans ses bras un bébé qu'elle a sorti du landau.

—Nous nous jetons dans la gueule du loup, pensent en même temps les deux amis.

Lexique du chapitre 12

(1)   <u>*Filer quelqu'un*</u> *: dans ce cas, il s'agit de suivre quelqu'un.*

(2)   <u>*Contre-allée*</u> *: allée qui longe une rue.*

(3)   <u>*Bras*</u> *: dans ce cas, c'est la division du canal en2 ou plusieurs parties.*

(4)   <u>*Deûle*</u> *: canal qui traverse Lille.*

(5)   <u>*S'esclaffer*</u> *: éclater de rire.*

(6)   <u>*Landau*</u> *: petite voiture à capote et à quatre roues pour promener les bébés.*

(7)   <u>*Bambin*</u> *: bébé, jeune enfant.*

(8)   <u>*Hargneux*</u> *: de mauvaise humeur*

(9)   <u>*Malicieusement*</u> *:   avec   ruse.*

CHAPITRE 13

—Tu es seul ? demande Ombeline en ouvrant la porte à Raphaël.

—Oui. Je t'expliquerai.

—Où sont les autres ? demandent en chœur *(1)* Grand-Père et Sasha.

—J'arrive, leur répond-il, en partant se laver les mains dans la salle d'eau.

Que faire ? Que dire ? pense le garçon très ennuyé. Il a bien vu, en rallumant son portable, que son cousin l'avait appelé plusieurs fois mais il s'est dit qu'il le retrouverait pour le repas et qu'il était inutile de le rappeler. Comme il regrette de ne pas l'avoir fait !!!

Par bonheur, au moment d'entrer dans la cuisine, la sonnette retentit et le Compiégnois est ravi d'ouvrir à Noé et Hugo.

En passant à table, les trois garçons s'entendent poser une question embarrassante par Sasha.

—C'était bien ? Pourquoi n'êtes-vous pas arrivés ensemble ?

—Extraordinaire ! s'empresse de répondre son frère.

Noé a rencontré un copain sur le chemin du retour. Mais comme Raphaël était pressé d'aller aux toilettes, il est parti avant.

Celui-ci est fâché du mensonge gênant de son cousin Hugo mais il n'ose pas se rebiffer *(2)*. Il faudrait tout avouer. Il faut d'abord discuter entre jeunes avant de révéler *(3)* quoique ce soit à Grand-Père.

Agnès s'est surpassée *(4)* : les moules sont délicieuses et les frites fraîches, un régal. Un morceau de vieux Hollande *(5)* et une salade de fruits rouges parfumée aux feuilles de menthe du jardin disparaissent rapidement dans la bouche des gourmands.

—Maintenant que vous êtes rassasiés, les garçons, vous pouvez nous raconter ? redemande Sasha.

—J'ai promis au forain de ne pas révéler ses trucs et puis, ce ne serait pas très intéressant de vous décrire tous les mécanismes. Il faut le voir mais pas l'expliquer. Mais j'ai trouvé cette visite fabuleuse.

—Et vous deux, insiste Sasha en regardant les deux autres.

—Passionnante, s'empresse de répondre Noé en baissant les yeux car il n'aime pas mentir.

Grand-Père fronce les sourcils mais ne dit rien, comme à son habitude. S'il soupçonne quelque chose, il ne posera pourtant aucune question, attendant que l'autre avoue, se dénonce ou reconnaisse son mensonge.

—Toujours d'accord pour mon après-midi surprise ? demande–t-il pour changer de sujet.

—Oh, oui ! Nous sommes curieux de savoir ce que tu nous as préparé.

—Les jumelles arrivent à quelle heure ?

—14 H.

—Parfait. Nous partirons aussitôt car nous sommes attendus à 14H30.

—Où ? demande naïvement Sasha, espérant que Grand-Père se trahira.

—Tu le sauras très vite, ma petite curieuse chérie !

À cinq, la table est vite débarrassée et le lave-vaisselle rempli.

—Nous montons dans la salle de jeux en attendant l'arrivée de Joséphine et Valentine, lance Hugo.

—Vous avez une demi-heure, lui répond Grand-Père.

Bien entendu, les jeunes n'envisagent pas du tout une partie de billard, de baby-foot ou autre jeu. Installés dans les confortables fauteuils, Raphaël, Ombeline et Sasha écoutent le récit de Noé et Hugo, en poussant parfois des exclamations de peur, pour les filles seulement bien sûr.

Lexique du chapitre 13

(1) **En chœur** : *ensemble, à l'unisson.*

(2) **Se surpasser** : *faire mieux que d'ordinaire.*

(3) **Révéler** : *faire connaître à quelqu'un ce qui était tenu secret.*

(4) **Se rebiffer** : *protester, refuser.*

(5) **Vieux Hollande** : *fromage aussi appelé, boule de Lille, c'est de la vieille mimolette.*

CHAPITRE 14

C'est Noé qui prend la parole. Il se tient debout, face aux autres. Ses yeux ne les regardent pas mais semblent ailleurs, dans ce qu'il a vu, sans doute.

—Imaginez un vieux mobil-home, si vieux qu'il n'y a plus aucune couleur à l'intérieur, mais propre avec une bonne odeur de nettoyant à l'eucalyptus… Une table minuscule, rabattable et des banquettes qui doivent servir de lits la nuit. Eddy, c'est le prénom du père, nous a fait asseoir tandis qu'Océane, la maman, a posé cinq verres, un pichet d'eau et une bouteille de sirop et s'est excusée de devoir s'occuper du bébé dans la chambre. Il a servi ses filles, Maëva 5 ans et Énola 3 ans, puis leur a mis un dessin animé. Il nous a alors beaucoup questionnés : sur l'endroit où nous vivions, sur nos résultats scolaires, sur ce que nous voudrions faire plus tard… et aussi félicités de notre aide à sa femme, de notre comportement galant*(1)* et de notre air bien élevé.

« Je n'ai pas de parents, Océane non plus. Nous avons été élevés dans des familles d'accueil qui ne nous ont pas encouragés à faire des études. De sorte que nous n'avons aucun diplôme, ni l'un ni l'autre. Inutile de vous dire que ça n'aide pas pour trouver du travail. Aussi, avec l'arrivée des enfants, j'ai fait des petits boulots pas très honnêtes pour avoir un peu d'argent. Oh, je n'en suis pas fier du tout. Mais comment faire autrement ? Vous avez de la chance car j'imagine que vous avez des parents qui vous gâtent, vous écoutent, vous poussent à travailler en classe. Profitez-en car c'est « galère *(2)* quand on n'a rien ».

J'avoue que j'en avais presque les larmes aux yeux et je me suis promis d'essayer de faire quelque chose pour eux.

—Quelle excellente idée ! Réfléchissons.

À ce moment, les enfants entendent Agnès leur crier de descendre car les jumelles sont arrivées. Grand-Père est lui aussi dans le hall, toujours élégant avec son panama *(3)* de couleur ivoire sur la tête assorti à son pantalon, une chemise bleu électrique à manches retroussées et des lunettes de soleil sur le nez.

—Protégez-vous du soleil, les enfants car il cogne cet après-midi, leur dit-il tandis que les jeunes s'embrassent en gloussant de plaisir.
—Merci beaucoup, lancent-ils à Agnès, pour avoir préparé un goûter et des boissons dans nos sacs à dos. Sans toi, nous mourions de faim et de soif.

Chacun des cousins lui dépose un gros baiser sur sa joue.

—*Ouais, merci gramint (*beaucoup*)*, ne peut-elle s'empêcher de rajouter.

Ils claquent la porte d'entrée et s'arrêtent devant le garage quand Grand-Père secoue la tête malicieusement.

—Eh non. Nous y allons à pied.
—À pied ? s'exclament ensemble sept voix déçues.
—Je vous emmène en <u>croisière</u> *(4).*

Le sourire leur revient immédiatement aux lèvres à l'écoute du programme de l'après-midi :

- Le capitaine Alain nous attend tout près d'ici, à Lambersart, pour nous promener sur la Deûle à bord de son bateau-mouche « Le Cormoran » et nous expliquer la <u>faune</u> *(5)* et la <u>flore</u> *(6)* de la région.
- Étape à Houplin-Ancoisne, au jardin Mosaïc, l'un des endroits les plus étonnants du secteur. Entre les arbres, les potagers, les créations d'art, les sculptures, les jeux et un nombre incalculable de différents animaux, un conteur nous racontera les légendes du lieu.
- Puis retour à la maison vers 18H. Qu'en dites-vous ?

—Grand-Père, tu es génial, s'écrient les quatre cousins.

—C'est vrai, réagissent aussitôt Noé, Valentine et Joséphine, en applaudissant des deux mains.

Inutile de dire qu'ils reviennent épuisés et ravis de leur après-midi.

Les jeunes se quittent à regret car il ne leur reste plus qu'une journée pour être ensemble. En effet, dès samedi, les cousins retrouveront leurs parents et fêteront l'anniversaire d'Agnès (donc pas question d'abandonner la famille…) puis ils repartiront le dimanche même afin de préparer la rentrée scolaire.

Comme ils auraient aimé participer tous ensemble à la braderie ! Ce n'est pas une de ces petites brocantes de village avec dix ou vingt vendeurs. Non ! C'est le plus grand marché aux puces d'Europe !!! Elle démarre officiellement le samedi midi avec le départ d'un semi-marathon (en réalité, les vendeurs commencent à s'installer dès le début de la semaine) et se termine le dimanche midi. La nuit, on peut voir des acheteurs avec leur lampe torche essayer de trouver la bonne affaire. Elle est immense : 100 km d'étalage, 2 à 3 millions de visiteurs. Toute la ville est fermée, impossible aux voitures d'y entrer. C'est pourquoi les parents arriveront en train ! Mais il y a aussi des concerts (bien sûr pas comme celui que Noé et Ombeline iront écouter demain à l'opéra !), la foire aux manèges, on y mange des moules-frites et il y a même des concours entre les restaurants. Le gagnant est celui qui a le plus grand tas de coquilles vides sur son trottoir. C'est la fête.

Mais avec leurs parents, les cousins sont certains que ce sera beaucoup moins drôle qu'avec leurs copains …

Lexique du chapitre 14

(1)Galant : attentionné auprès des femmes.

(2) Galère : situation pénible.

(3)Un panama est un chapeau masculin souple et léger, symbole d'élégance décontractée. C'est un chapeau connu pour sa forme à larges bords de couleur ivoire garni d'un ruban marron. Il est entièrement réalisé en fibres naturelles et confectionné à la main à partir de feuilles d'une plante palmiforme.

(4)La faune est l'ensemble des animaux qui vivent dans un même lieu.

(5)La flore est l'ensemble des plantes d'un même lieu.

CHAPITRE 15

De retour à la maison, c'est sur la terrasse qu'ils s'installent devant une boisson fraîche. Ils ont décidé de tout raconter à Grand-Père, sans aucune crainte d'ailleurs, car, pour une fois, ils n'ont pas mis leur vie en jeu dans cette enquête.

Comme d'habitude, il les écoute avec beaucoup d'attention, sans les interrompre, en fronçant les sourcils de temps en temps. Il se lève enfin, prend un carnet et un crayon dans l'un des tiroirs du meuble laqué gris, se rassied et demande :

—Avez-vous pensé à relever la plaque d'immatriculation du véhicule ?

—Mieux que ça, répond Hugo. Je l'ai photographiée. Je te l'envoie sur ton portable.

—Merci. Rappelle-moi le prénom des parents.

—Elvis et Océane et leurs filles, Maéva, Énola et le bébé Alyssa.

—Tu as leur nom de famille ?

—Non, je n'ai pas osé leur demander.

—Je te comprends.

—Mais pourquoi notes-tu tout ça ? lui demande Ombeline.

—J'ai l'intention de passer un coup de fil à Paul.

—Paul Chapelier ? intervient Sasha. Ton copain commissaire de police qui vérifie que les enquêtes de tes polars sont possibles ?

—Oui, ma chérie

—Mais pourquoi ?

—Votre histoire est presque trop belle pour être vraie. Ne vous aurait-il pas reconnus et joué le misérable pour ne pas être dénoncé ? Je voudrais avoir des renseignements supplémentaires sur cette famille.

—Quoi, par exemple ?

—Peut-être savoir si cet Elvis a <u>un casier judiciaire</u> *(1),* si le camping-car lui appartient vraiment, si lui et sa femme sont réellement <u>orphelins</u> *(2)* …

—Une véritable enquête policière alors ?

—En quelque sorte.

—Mais pourquoi ?

—J'ai une petite idée pour les aider mais je voudrais m'assurer que votre bonhomme dit la vérité.

—Il ne pouvait pas reconnaître Noé puisqu'il n'était pas dans le manège. Et il y faisait si noir ! Il s'est enfui sans se retourner. Donc il n'a pas pu inventer toute cette histoire, intervient Raphaël.

—Peut-être mais je voudrais en être certain. D'ailleurs, j'appelle Paul immédiatement. Peut-être pourriez-vous mettre la table pendant ce temps car il est bientôt l'heure de dîner ?

Grand-Père se lève, son téléphone en main et s'enferme dans son bureau.

Sasha, la gourmande, se précipite dans la cuisine pour savoir ce qu'Agnès leur a préparé. Un papier est posé sur la table, rempli d'une jolie écriture fine et penchée vers la droite.

- Oeufs à la coque (les plonger délicatement dans l'eau bouillante et compter 3 minutes après la reprise de l'ébullition *(3))*. J'ai découpé des mouillettes *(4)* de pain, de gruyère et de jambon pour tremper dans vos œufs.
- Vous trouverez dans le frigo une salade de chicons avec des lardons grillés et des noix. Vous l'assaisonnerez avec la vinaigrette que j'ai préparée dans le pot en verre
- Comme dessert, j'ai fait des crêpes. Elles sont entre les deux assiettes que vous passerez au micro-ondes une minute pour qu'elles soient bien chaudes.

La Compiégnoise est étonnée. Pas un mot de patois... Elle sourit. Elle soupçonne Agnès de parler ch'ti juste pour qu'ils apprennent cette langue. Elle est vraiment incroyable ! Et c'est une vraie « mère poule *(5)* », même pour Grand-Père qui est pourtant plus âgé qu'elle...

Une demi-heure plus tard, celui-ci sort du bureau, la mine réjouie.

—Eh bien, vous aviez beaucoup de choses à vous dire, constate Ombeline.

—C'est toujours avec grand plaisir que nous nous téléphonons ou que nous nous rencontrons. Nous avions à peine dix ans lorsque nous avons fait connaissance. Alors, inutile de vous dire que lorsque nous nous voyons, nous avons toujours mille choses à nous raconter, du passé comme du présent.

—Que t'a-t-il dit pour Elvis ? s'inquiète la Nancéienne.

—Rien pour le moment. Mais il va effectuer des recherches. Allez, les jeunes, à table, je meurs de faim.

Lexique du chapitre 15

(1) __Un casier judiciaire__ : *relevé de toutes les condamnations contre quelqu'un.*

(2) __Orphelin__ : *qui a perdu son père et sa mère.*

(3) __Ébullition__ : *lorsque le liquide chauffé fait des bulles, bout.*

(4) __Une mouillette__ *est un morceau de pain long et mince que l'on trempe dans un liquide ou un jaune d'œuf.*

(5) __Une mère poule__ *est une personne attentionnée comme une maman.*

CHAPITRE 16

VENDREDI 30 AOÛT

Sasha, Hugo et Raphaël sourient en entendant Ombeline chantonner dans la salle de bains.

—Elle est vraiment amoureuse ! ricane son frère

—Et Noé, continue Sasha. Vous croyez qu'il chante aussi le matin ?

Les trois s'esclaffent et c'est alors que la porte s'ouvre brutalement sur l'ado, rouge de colère :

—J'ai tout entendu. Vous n'êtes que de stupides gamins ! Et j'ai bien raison de préférer la compagnie de Noé qui, lui, est intéressant.

—Ne te fâche pas, cousine, la calme Raphaël. Ce n'est pas méchant et ça nous arrivera à nous aussi un jour ou l'autre.

—Mais je ne suis pas amoureuse ! J'aime simplement discuter avec lui car il connaît tant de choses !

—Tu veux dire que c'est un « intello », comme qui déjà…?

—Tu es vraiment stupide, mon pauvre Hugo. Je préfère t'ignorer.

—Allez, tente Sasha. C'est la fin des vacances. On ne va pas se fâcher les derniers jours ?

—Tu as raison. Descendons pour le petit-déjeuner.

Grand-Père a déjà garni la table : jus de fruits, kiwis, fruits secs dans une soucoupe, confitures, fromages en lamelles, yaourts, chocolat en poudre, lait, cafetière… et il a mis au four le cramique qui parfume toute la cuisine.

Les quatre jeunes se précipitent pour l'embrasser puis ils s'installent à leur place habituelle et prennent leur serviette de table. Agnès est contre les serviettes en papier, c'est pourquoi elle leur a demandé de choisir une couleur pour leur serviette en tissu afin qu'ils ne se trompent pas quand ils la prennent, le blanc étant réservé à Grand-Père. Ombeline, sans hésitation, a choisi le violet et Sasha le rose mais comme la couleur préférée des deux garçons est le bleu, Raphaël a choisi la couleur azur et Hugo le bleu électrique.

—Avez-vous un programme pour cet après-midi car je ne suis pas disponible.

Les jeunes se regardent. Décidément, l'emploi du temps de Grand-Père est très chargé…

—Ça tombe bien, s'empresse de répondre Sasha. Comme c'est l'anniversaire d'Agnès demain, nous allons faire du shopping. Chacun de nous a déjà sa petite idée sur le cadeau à lui faire. Il suffit maintenant de le trouver.   Et toi, Grand-Père, que vas-tu lui offrir ?

—Je les inviterai, elle et Léon au restaurant après la Braderie, mardi soir, je pense.

—On n'accepte pas les chiens dans les beaux restaurants.

—Non, bien sûr, mais elle n'aimerait pas ce genre d'endroit. Elle y serait mal à l'aise. Je crois que l'estaminet *(1):* « Au vieux de la vieille » lui plaira. Je vous en avais déjà parlé mais vous aviez refusé.

—Je m'en souviens, intervient Raphaël.

—Et le samedi suivant, je lui proposerai de l'emmener à Douai à une superbe exposition de près de 2000 chiens venus de quinze pays différents. Elle pourra même y amener son bon vieux Léon.

Les jeunes éclatent de rire en imaginant cette pauvre bête rhumatisante *(2)* participer au concours de beauté.

—Ne soyez pas moqueurs, réagit Grand-Père. L'entrée est autorisée à tous les chiens, vieux ou moches, pourvu qu'ils ne soient pas méchants et, bien entendu, ne participent au concours que ceux dont les maîtres sont d'accord.

—Tu n'as pas oublié Victor Lumières ce soir pour l'apéritif ?

—Non, bien sûr.

—Tu as de la chance, Ombeline, d'être absente, soupire sa cousine.

La Nancéienne en rougit de plaisir.

—Quoique, reprend Hugo, entre « Carmen » et Victor Lumières, je préfère le policier !

   Grand-Père sourit en levant les yeux au ciel mais, devant l'air <u>furibond</u> *(3)* de sa petite-fille, il ne peut que prendre sa défense :

—Je pense que tu n'es jamais allé à l'opéra, n'est-ce pas ?
—C'est vrai, avoue Hugo en baissant la tête.
—Alors comment peux-tu juger sans savoir ?

Le silence s'installe.

—Aux prochaines vacances, c'est-à-dire à la Toussaint, je vous y emmènerai tous les quatre.
—Ah ! Ah ! Je me réjouis déjà de voir la tête de mon frère, se moque à son tour Ombeline.

Lexique du chapitre 16

(1)Un estaminet : dans le Nord de la France, c'est un café ou un petit restaurant à la cuisine simple et régionale.

(2)Rhumatisant : qui souffre de douleurs dues le plus souvent à la vieillesse.

«(3)Furibond : qui ressent ou annonce une grande colère.

CHAPITRE 17

Valentine et Joséphine, comme elles habitent tout près, rejoignent les cousins chez eux. Quant à Noé, il les attend près de la bijouterie de ses parents.

Avec la préparation de la braderie, la ville est différente de d'habitude. Beaucoup plus de monde, des podiums *(1)* sur la Grand'Place, des drapeaux multicolores, des petits orchestres à chaque coin de rue. La fête se prépare …

—Si jamais nous nous perdons de vue, rendez-vous à 17H au salon de thé « Méo », propose Ombeline, une fois que tout le groupe s'est retrouvé.
—Vous, les Lillois, dit Sasha, avez-vous une idée de l'endroit où nous pourrions acheter un parapluie ? Mais pas n'importe lequel… J'ai vu une dame qui en avait un ravissant : noir à l'extérieur et, à l'intérieur, les monuments de Lille la nuit magnifiquement éclairés.

—Oui, lui répond Joséphine. Pas loin d'ici, il y a une boutique spécialisée dans les produits de la région. Je vous y emmène.

—Attends, reprend Raphaël. Nous allons vous donner toutes nos idées et vous nous ferez un petit itinéraire pour tout trouver.

—Nous voudrions faire imprimer sur un joli tablier la photo de nous quatre.

—Un peu prétentieux, les cousins, se moque gentiment Valentine.

—C'est vrai mais comme elle nous aime beaucoup, cela lui fera plaisir.

—Pas de problème, reprend Joséphine. Il y a ce genre de magasin pas loin d'ici.

— Enfin une boutique spéciale chiens pour une nouvelle laisse pour Léon et un gros sachet de friandises.

—Ça, je sais où il y en a une.

Ce n'est que quelques heures plus tard qu'ils s'installent dans le charmant petit salon de thé, épuisés d'avoir tant traîné dans le monde et la cohue mais ravis de leurs achats.

Bien sûr, la conversation se porte surtout sur la rentrée des classes qui aura lieu dès mardi mais aussi, comme pour se consoler, sur les prochaines vacances où Monsieur et Madame Vanhoutte, les parents de Noé, invitent les huit jeunes, (Stanislas, le frère des jumelles, sera lui aussi attendu), ainsi que leurs parents et Grand-Père dans une villa en bord de mer pour quatre jours.

Ils voudraient déjà tous y être car ils seraient ensemble même la soirée et la nuit, comme cet été à Bray-Dunes où ils ont passé une semaine ensemble.

—Il faudrait peut-être songer à rentrer, propose Ombeline, car, peut-être ne le savez-vous pas encore mais, ce soir, je dois sortir et je ne voudrais pas arriver en retard à mon rendez-vous.

Hugo est muet d'étonnement. Sa sœur qui fait de l'humour…, c'est une <u>première</u> *(2)*!

Avec les adieux aux jumelles qui n'en finissent pas, il est presque 18h30 lorsqu'ils rentrent à la maison, les bras chargés de paquets.

Lexique du chapitre 17

(1)Podium : *plate-forme, estrade.*

(2)Une première : *une première fois.*

CHAPITRE 18

SAMEDI 31 AOÛT

Ombeline plane. Elle <u>gîte</u> *(1)*sur un nuage rose… Sa soirée avec Noé a été magique, féérique, merveilleuse, fabuleuse, extraordinaire, magnifique, éclatante, brillante, splendide, magistrale, royale… Elle n'a pas assez d'adjectifs pour qualifier ce moment.

Au petit-déjeuner, elle a vaguement entendu que Victor Lumières, toujours aussi fan des livres de Grand-Père, est resté plus longtemps que raisonnable pour un simple apéritif. Elle a cru comprendre qu'il avait taquiné les jeunes sous prétexte qu'ils n'avaient pas, pour la première fois depuis qu'il les connaissait, résolu leur enquête. Bien sûr, ils se sont bien gardés de lui dire qu'ils avaient rencontré « le diable »… Elle a peut-être entendu Grand-Père répondre à Hugo que Paul Chapelier n'avait pas rappelé. Elle ne se souvient même plus de ce qu'elle a déjeuné, ni du regard ironique d'Hugo. Elle est dans un autre monde.

—Les parents arrivent à quelle heure ? interroge Raphaël.

—Vers 11h30, répond tranquillement Grand-Père.

—Mais rien n'est prêt. Veux-tu que nous dressions la table, demande Sasha.

—Non, ne te fais pas de souci.

—Mais, reprend son cousin, ce n'est quand même pas Agnès qui va s'en occuper ? C'est son anniversaire.

—Non, bien sûr. Ne vous inquiétez pas, tout est prévu.

Un coup de sonnette et Raphaël ouvre la porte à quatre adultes. Agnès, en tête, suivie de près par Franck et Delphine, les parents des Nancéiens et enfin Sophie la maman des Compiégnois. Embrassades, bruyants souhaits d'anniversaire, la maison explose de cris de joie et de bonheur.

Sophie, étonnée en entrant dans la salle à manger, chuchote à sa fille :

—Que se passe-t-il, la table n'est pas mise.

–Grand-Père a dit qu'il gérait…

—Si nous ne mangeons pas, au moins nous boirons, sourit-elle en découvrant sur la table basse du salon les coupes en cristal, les verres à eau, deux bouteilles de champagne dans des seaux où flottent des glaçons, des jus de fruits .

La fête promet d'être belle. Chacun s'est habillé élégamment et tout particulièrement Agnès, très chic dans une robe bleu pâle de la couleur de ses yeux, agrémentée d'un joli collier de perles assorti à ses boucles d'oreilles. Elle serait presque méconnaissable, elle qui porte toujours une robe tablier par-dessus ses vêtements pour ne pas se tacher ?

Les cousins sont chargés d'apporter les amuse-bouche pendant que Franck sert le champagne et Sophie les jus de fruits. Au moment de lever sa coupe pour remercier toute la famille de cette journée organisée en son honneur, Agnès regarde Grand-Père d'une façon si étrange que les cousins repensent immédiatement à l'hôtel Alliance.

—Chers enfants et petits-enfants, commence l'écrivain préféré de Victor Lumières, Agnès a une déclaration à faire.

—*Ben, j'sais pas commint l'dire, Monsieur y voudro pas l'dire à m'plache ?* (Eh bien, je ne sais pas comment le dire. Monsieur ne voudrait-il pas le dire à ma place ?)

—Si vous y tenez, chère Amie.

Les yeux d'Hugo brillent de curiosité. Vont-ils annoncer leur mariage ? Il n'a pas eu de temps pour enquêter sur cette étrange affaire et il le regrette.

Grand-Père, après un léger toussotement, continue :

—Agnès a gagné une somme importante au Loto.

Un silence impressionnant suit cette annonce jusqu'à ce que, dans un bel ensemble, chacun applaudisse à tout rompre, même Ombeline qui est revenue sur terre. Mais les réactions ne se font pas attendre.

—Combien ?, demande le Nancéien.

—Hugo, réagit son père, cela ne te regarde pas.

—*Bah,* intervient Agnès*, si te va pas l'clamer sur tous les toits, j'veux ben te'l'dire* (Si tu ne vas pas le clamer sur tous les toits, je veux bien te le dire).

—Promis, jure Hugo

—200.000 euros.

—Ouah, s'extasie son public. Tu es riche, alors ?

—Mais, s'inquiète aussitôt Sasha, ça veut dire que tu ne viendras plus travailler ici ?

—*Mais qué babache ! Ichi, ch'est nin du travail, ch'est du plaisir.* (Mais quelle sotte ! ici, ce n'est pas du travail mais du plaisir).

—Qu'est-ce que tu vas faire de tout cet argent, intervient Ombeline.

—*Rin. j'in ai parlé avec Monsieur mais j'veux nin chinger d'vie. J'ai eun' baraque à mi qui vient d'mes parents, min kien Léon, et pis i'a vous, m'famille. Quo qu'je pourro ben vouloir eud plus ?*(Rien, j'en ai parlé avec Monsieur mais je ne veux pas changer de vie. J'ai une maison à moi, qui vient de mes parents, mon chien Léon et puis je vous ai, vous, ma famille. Que pourrais-je vouloir de plus ?)

L'émotion est grande.

—Je me suis peu occupé des enfants mais il n'ont pas besoin de moi pour se distraire, n'est-ce pas, reprend Grand-Père avec un clin d'œil de leur côté. Agnès m'a demandé de l'aider dans ses démarches et nous avons eu rendez-vous au salon de thé de l'hôtel Alliance avec mon <u>conseiller financier</u> *(2)* pour placer cet argent.

—*J'ai dmindé aussi à Monsieur eud m'aider à choisir eun' belle rob' pour l'occasion. I'a tellmint d'goût…* (J'ai aussi demandé à Monsieur de m'aider à choisir une belle robe pour l'évènement. Il a tellement de goût *!*).

La chère femme est alors ballotée de bras en bras et couverte de bisous.

—Et si la table n'est pas mise, déclare Grand-Père, c'est qu'Agnès nous invite au restaurant. Elle a tellement insisté que j'ai dû accepter. Elle nous offre « La péniche d'Archimède », sur la Deûle, à quelques pas de la maison . Il y en aura pour tous les goûts.

—Génial, hurlent les cousins.

Les remerciements fusent de partout.

Mais la fête n'est pas terminée car à 13 heures 30, les jumelles et Noé font de grands signes depuis la berge.

Ombeline rougit de plaisir tandis que Grand-Père explique :

—Nous prendrons notre dessert ici, mais vous les jeunes, vous pouvez aller manger une gaufre, à la braderie avec vos amis.

Bien entendu, les quatre jeunes bondissent et c'est à 7 qu'ils commencent leur balade et bientôt à cinq car, curieusement, Noé et Ombeline disparaissent une petite heure. Ils ont, disent-ils, perdu les autres de vue… Elle a bien remarqué son frère ricaner mais n'a fait aucune réflexion.

Nouveaux adieux le soir et départ pour Nancy, le lendemain dimanche où elle aura quatre heures de route pour revivre une fois de plus ses merveilleux moments avec Noé.

LEXIQUE DU CHAPITRE 18

(1) *Gîter : habiter*

(2) *Conseiller financier : banquier*

(3) *Être ballotté : être renvoyé d'une personne à une autre.*

CHAPITRE 19

PREMIER LUNDI DES VACANCES DE LA
TOUSSAINT

Les parents sont repartis hier après avoir passé
le week-end à Lille et les cousins se retrouvent de
nouveau seuls en compagnie de Grand-Père.
Seuls ? Pas pour longtemps car

- mardi, mercredi, jeudi et vendredi matin ils seront
à la mer chez les parents de Noé comme il en a été
décidé en août.
- Vendredi après-midi, retour dans la capitale des
Flandres et soirée à l'opéra, organisée par Grand-
Père qui a invité les sept jeunes. Si le Lillois et la
Nancéienne ont applaudi, les cinq autres ont
grimacé, tout particulièrement Hugo et Joséphine
mais le célèbre auteur a tenu bon en déclarant
qu'avant de juger, il fallait essayer et il a réservé
« La flûte enchantée » de Mozart.

—Un sale moment à passer, a soupiré Raphaël, mais le reste du temps sera tellement bon qu'on peut accepter cette épreuve…

—Nous ne pourrons qu'être agréablement surpris car ce ne peut être pire que l'image que nous nous en faisons ! lui répond Valentine en riant.

Finalement, ce n'était pas aussi terrible que ça et c'est épuisés qu'ils ont quitté leurs amis pour passer une bonne nuit.

La matinée du samedi passe très vite entre le petit-déjeuner, le travail scolaire, la balade au bois et le cheval pour Sasha. Et c'est durant le repas que Grand-Père leur annonce une surprise pour l'après-midi . Bien sûr, ils sont dévorés par la curiosité.

Quatorze heures. La porte s'ouvre sur les jumelles suivies de Noé. Les cousins sont surpris : ils ne s'attendaient pas à voir leurs amis aujourd'hui, en bottes et imperméables….

—Vous partez à une chasse aux escargots ? se moque le plus jeune des cousins.

—Mes chers enfants, intervient Grand-Père, vous êtes invités à une partie de pêche. Celui qui en rapportera le plus aura droit au titre de champion.

De surprise, Hugo ouvre grands ses yeux bleus, Raphaël explose de rire, Noé se tourne vers Ombeline qui lui sourit, les jumelles applaudissent. Quant à Sasha, elle ne sait pas quoi en penser :

attraper des poissons gluants, les tenir dans ses mains… Elle n'est pas fan… mais elle verra bien.

Une fois bottés et habillés pour la circonstance, tous s'installent dans le puissant véhicule pour un trajet qui leur paraît bien court.

À quelques kilomètres à peine de la maison, en pleine campagne, un grand portail en fer forgé s'ouvre sur un simple coup de klaxon de l'Audi. Une jolie petite maison de gardiens borde l'allée que la voiture emprunte pour déboucher sur une magnifique bâtisse de briques rouges. Sur le côté, quelques saules têtards*(1)* entourent un étang où la famille canard s'ébroue *(2)*.

Un homme en sort : pantalon de velours vert bouteille, épaisse chemise à carreaux gilet sans manche par-dessus, il affiche un grand sourire et se précipite vers le chauffeur.

—Enfin, te voilà avec toute ta tribu. Je connais tes petits-enfants puisque nous avons passé le réveillon de la Saint Sylvestre ensemble *(3)*. Toi, je devine que tu es Noé, celui qui a été kidnappé *(4)* et vous, vous êtes les propriétaires de Linotte *(5)*. Bienvenue chez moi.
—Les jeunes, je vous présente Paul Chapelier, mon ami d'enfance, sourit Grand-Père.
—Bonjour, Monsieur, s'exclament en chœur les adolescents.

Sasha ne peut s'empêcher d'ajouter :

—Votre maison est magnifique.

—J'en suis très fier, en effet. J'y suis né, y ai grandi et j'en ai hérité à la mort de mes parents tout comme eux l'avaient reçue de mes grands-parents qui, eux-mêmes…. Tu as compris que c'était une maison de famille et un jour, ma fille en héritera, et après elle, mes petits-enfants. Vous êtes donc venus pêcher ?

—Oui, lui répondent-ils dans un bel ensemble.

—Je vous laisse sortir votre matériel du coffre pendant que j'appelle quelqu'un qui vous aidera à vous installer et à monter vos lignes car j'imagine que certains d'entre vous n'ont jamais pratiqué?

Les quatre filles hochent la tête de haut en bas en signe d'approbation et se dirigent vers la voiture pour sortir leurs cannes quand elles se retournent devant les exclamations de Noé et Hugo.

LEXIQUE DU CHAPITRE 19

(1)Un saule têtard est un arbre dont la tête est taillée en boule. Il est très souvent planté près de rivières.

(2)S'ébrouer : souffler en s'agitant comme un chien sortant de l'eau.

(3)La saint Sylvestre: le réveillon du nouvel an (livre 2)

(4)Noé qui a été kidnappé : Livre 2

(5)Les propriétaires de Linotte : livre 3

CHAPITRE 20

Un homme, jeune, grand et maigre, un large sourire illuminant un visage aux traits fins et aux yeux noirs, s'approche d'Hugo et de Noé et leur serre chaleureusement la main. Un peu plus loin, une jeune femme derrière une poussette rejoint les deux garçons et leur claque un baiser sur les joues tandis que deux fillettes se précipitent sur eux et leur tendent les bras. Les quatre filles sont stupéfaites : elles ne comprennent rien mais Raphaël sourit : il a deviné.

Après un clin d'œil à Grand-Père, Paul Chapelier prend la parole :

—Je crois que pour certains d'entre vous, les présentations sont nécessaires, quoique vous ayez tous déjà croisé Elvis.

—Bonjour les jeunes. Je suis très heureux de vous voir, ou plutôt de vous revoir car effectivement nous nous sommes déjà rencontrés…

—Mais où ? s'exclament en même temps les jumelles.

—Je suis gêné de vous avouer que le diable du train fantôme, c'était moi.

Le sourire de l'homme a disparu et c'est tête baissée qu'il fait cette confidence.

—Papa ? Tu te déguisais en diable ? Tu pourras recommencer ? se réjouit la plus grande de ses enfants.

—Jamais plus et ce, grâce à Monsieur Chapelier.

—N'oubliez pas que ce sont les jeunes qui ont parlé de vous à leur grand-père, reprend le propriétaire des lieux. Mon ami savait que le couple de gardiens qui s'occupait de ma propriété avait décidé de partir au soleil du midi soigner ses rhumatismes. Il m'a alors soumis votre dossier. Après enquête et réflexion, j'ai décidé de vous accorder ma confiance et, depuis un mois que vous êtes là, je dois dire que je suis très satisfait. De plus, ce qui m'enchante, c'est que vous m'ayez spontanément proposé de dédommager les personnes qui ont porté plainte dans cette affaire, en prélevant une part de votre salaire chaque mois jusqu'à ce que chacune des jeunes filles soit remboursée.

Les jeunes sont si heureux d'entendre ces paroles qu'ils applaudissent.

—Du plus profond du cœur, merci, Monsieur, et merci à chacun de vous. J'ai maintenant un travail, une maison dans un cadre magnifique où mon épouse et nos trois filles Maéva, Enola et Alyssa pourront vivre sans souci du lendemain.

—Et moi qui me retrouvais bien seul dans cette grande propriété, reprend Paul Chapelier, je suis très heureux d'avoir à nouveau un beau jardin grâce à vous Elvis, de bons petits plats cuisinés par Océane, une excellente cuisinière et des rires d'enfants autour de moi.

—L'histoire se termine bien, conclut Sasha et je préfère cette fin à celles que nous avons connues dans nos précédentes enquêtes.

—Bon ! réagit Elvis, suivez-moi jusqu'à l'étang. Je vais vous apprendre à monter une ligne.

—Waouh ! réagissent six voix. Nous vous suivons.

Sasha reprend la parole :

—Réflexion faite, je préfère rester avec les petites et jouer avec elles, si vous me le permettez, Madame.

—Appelez-moi Océane, s'il vous plaît. Je crois que mes filles seront ravies de trouver une « grande » pour s'occuper d'elles, et je vous avoue que moi aussi. Ce qui me laissera du temps pour Alyssa.

L'après-midi passe à toute allure et se termine par une partie de crêpes au sucre, au Nutella ou à la crème Chantilly ! Un régal !

Que ce soit Grand-Père qui a passé son temps à discuter avec son ami Paul, les jeunes pêcheurs qui ont réussi à attraper quelques poissons vite rejetés dans l'eau ou Sasha qui s'est autant amusée que les petites, chacun est enchanté de son après-midi et c'est sur la promesse de se revoir aux prochaines vacances qu'ils prennent congé.

Demain , ils rentrent chez eux et il leur faut préparer leur valise. Dans la voiture, Hugo ne peut s'empêcher de dire à voix haute ce qui lui tourne dans la tête depuis quelque temps.

—Grand-Père, pourquoi devons-nous retourner nous à Nancy et les cousins à Compiègne ? Il nous reste une semaine de vacances et comme les parents travaillent, on reste seuls à la maison à tourner en rond. Tu ne pourrais pas nous garder un peu plus ?

Bien sûr, les trois autres y avaient déjà pensé sans oser le dire.

—La décision ne m'appartient pas. Personnellement, je n'y verrais aucun inconvénient mais c'est à vos parents de choisir. De toute façon, pour cette fois, c'est impossible de modifier quoi que ce soit, les billets étant achetés et les places réservées. Vous avez six semaines pour négocier les vacances de Noël.

Les quatre jeunes battent des mains et se prennent à rêver. Si c'est d'accord, ils auront double temps pour de nouvelles aventures…

Présentation de la collection complète.

Thème commun à ces 5 polars jeunesse:

Pour la moitié de toutes les vacances scolaires, Grand-Père, célèbre auteur de romans policiers lillois, accueille ses petits-enfants.

Jouissant d'une grande liberté que leurs parents ne leur accorderaient sans doute pas, les quatre cousins-sont confrontés à des situations les entraînant dans des enquêtes parfois périlleuses...

Vous pouvez retrouver Jill VANLAN sur Facebook. Vous pouvez aussi la contacter sur Messenger pour lui donner votre avis sur votre lecture ou lui commander un autre livre ou bien l'acheter sur AMAZON .

REMERCIEMENTS à :

BRUNO , mon écrivain préféré, pour avoir accepté de jouer le rôle de « Grand-Père », le célèbre auteur de romans policiers dans cette collection.

MES P'TITS LOUPS, pour avoir été, le temps de ces cinq histoires, de brillants enquêteurs.

Hakim DRAH, CC2V, pour sa compétence dans la création de la couverture et la mise en page de ce livre.

ISBN :9798390363263

Éditeur : Jill VANLAN

Achevé d'imprimer : avril 2023

Dépôt légal : mai 2023

Printed in Great Britain
by Amazon

23457118R00076